身分

米蘭·昆德拉

L'IDENTITÉ

•

MILAN
KUNDERA

邱瑞鑾——譯

Je salue de tout
mon cœur mes
lecteurs chinois
Milan Kundera

我誠摯地向中文讀者致上問候之意

米蘭．昆德拉

1

諾曼第海邊小城的這間旅館，是他們無意中在旅遊導覽上找到的。香黛兒禮拜五晚上到達這裡，自己一個人來過一夜，沒有跟尚・馬克一起。明天大約中午的時候，他才會和她碰頭。她把小旅行箱留在旅館房間裡，人就出去了；在陌生的街道上溜達了一會兒，又回到旅館的餐廳。

七點半，餐廳裡還空蕩蕩的。她坐在桌旁，等著有人看見過來招呼她。在餐廳另一頭，靠近廚房門口的地方，有兩位女服務生正談得熱烈。香黛兒不喜歡扯著喉嚨喊，便站起來，穿過餐廳，來到她們旁邊；可是她們太專注於她們所談的事：「我告訴妳，到現在已經整整十年了。我認識他們，實在很可怕，竟然連一點線索也沒有。完全都沒有，電視上也報導過這件事。」

另一位接著問：「他到底發生了什麼事？」

「誰也不知道，旁人根本無從想像。這才可怕。」

「是兇殺案嗎？」

「大家找遍了附近的地方。」

「是綁架嗎？」

「可是綁架的人是誰？又為什麼要這樣做？他不是有錢人，也不是什麼重要人物。他們都被帶去上電視，他的孩子、他太太。真讓人鼻酸，妳懂吧？」

然後，她注意到了香黛兒：「您知道電視上那個講失蹤人口的節目嗎？那個叫做《不見影蹤》的節目。」

「嗯。」香黛兒說。

「您大概也看到了布迪厄家的事。他們是這裡的人。」

「嗯，真是可怕。」香黛兒回答，她不知道該怎麼從這個悲劇事件拉回吃飯這個俗氣的問題上。

「您要用餐嗎？」另外一位女服務生終於問她。

「嗯。」

「我去叫經理來，您請坐。」

她的同事又補了一句：「您知道嗎，您心愛的人失蹤了，可是您永遠不知道他到底發生了什麼事！這會讓人發瘋的！」

香黛兒回到餐桌上；五分鐘後，經理來了；她只點了冷盤，就這樣，很簡單；她不喜歡自己一個人吃飯；啊，她恨透了這種事，自己一個人吃飯！

她切著盤子裡的火腿，沒辦法不去想剛剛那兩位女服務生放進她腦子裡的事：在這個世界上，我們每個人的腳步都是被監督的、被登錄存證的。在超級市場裡，有許多架監視錄影機緊緊盯著我們；在街上，會不斷地和別人擦撞而過；在做愛之後，第二天早上甚至還免不了被研究者、被民意調查詰問（「你們在哪裡做愛？」、「一個禮拜做幾次？」、「用不用保險套？」）。一個人怎麼逃脫得了監視，就這樣消失得無影無蹤呢？

嗯，她知道那個節目，那個節目的名稱讓人心驚，《不見影蹤》，不過這是唯一會觸動她的節目，因為它的內容真實、充滿了哀傷，好像有一股外來的力量迫使電視台捨棄其他無聊的東西。節目的調子沉重，主持人請觀眾提供線索，協尋失蹤的人。在節目最後，還會把《不見影蹤》以前所有單元裡播過的照片，一張張再播送出來；其中有已經失蹤了十一年的。

她想像，有一天尚．馬克也會這樣消失。她會對他的狀況一無所知，一切只縮減為想像。她甚至不能自殺，因為自殺是一種背叛，是拒絕等待，是失去耐心。她將被判處活刑，活著受罪，這樣的驚悸恐慌會一直延續到她生命終了的那一天。

2

她上樓回到她房間，痛苦輾轉地陷入睡眠，午夜時分，從一個長長的夢中醒來。夢裡出現的人，都是她過去生命裡的人：她的媽媽（很久以前就去世了），特別是她的前夫（她已經好幾年沒看到他，他的長相都不一樣了，好像夢境裡的導演在分派角色的時候選錯了人）；和他一起的，還有他氣焰凌人、精力旺盛的姊姊，以及他的新太太（她從來沒有見過她；可是在夢裡，她一點也不懷疑她的身分）；到後來，他哼哼唧唧地向香黛兒求歡，而他的新太太用力吻著她的嘴，還想把舌頭伸進她的雙唇裡。兩根舌頭舔來舔去，她一向覺得噁心。事實上，驚醒她的就是這個吻。

這場夢不知道為什麼讓她這麼倦怠無力，她努力思索，想找出其中的緣故。她想，最讓她煩亂的，是夢境把「現在」這個時刻消蝕了。因為她熱愛她目前的人生，無論如何，她都不願以它來交換過去，也不願交換未來。就是因為這樣，她不喜歡夢：夢使人生各個不同的時期一律齊頭平等，使各個時期處在同等的時間平面上，這是我們在現實裡沒有經驗過的，讓人難以接受；夢貶低了現在，否定了它的優先性。

就像她這天夜裡的夢：她人生一整個面向都化為烏有——尚・馬克、他們共有的公寓、他們一起生活的那幾年；取而代之的，是「過去」橫陳在那個位置上，很久以來就沒有和她往來的那些人，還有，想要以性的網羅來誘捕她的那些人。她感覺到她嘴上有一個女人潮溼的唇（那女人長得不錯，夢境的導演選角的標準滿高的），而這讓她極其不舒服，大半夜的，她還到浴室去，洗澡、漱口，久久不出來。

3

F.是尚·馬克的老朋友，他們中學時代就認識；他們兩個人對事情的看法一致，在各方面都很投契，彼此一直都有聯絡，直到有一天，尚·馬克突然和他反目，從此再也不見他——這已經是好幾年前的事了。後來，他知道F.病得很重，住在布魯賽爾的一家醫院，他還是一點都不想去探望，可是香黛兒堅持要他去。

看老朋友是件沉重的事；在他的記憶裡，他還是中學時代的模樣，羸弱、一向穿著講究、有一股優雅纖細的氣質，在他面前，尚·馬克總覺得自己像犀牛。以前，他細緻的輪廓，再加上帶一點女人氣，使F.看起來比實際的年齡小，現在這些特點卻使他看起來顯老：他的臉皺巴巴、小小的、縮成一球，有點怪異，就像死了四千年的埃及公主那張木乃伊的臉。

尚．馬克看著他的手臂：一隻手在注射，不能動，一根針插在他的靜脈血管裡，另一隻手大幅度的擺動，增強他說話的語氣。一直都是這樣，每當他看他比手畫腳，他就覺得F.的手臂和他矮小的身軀比起來，真是細小，真是又細又小，像木偶的手臂似的。這天，這個印象更是強烈，因為這種稚氣的手勢和他沉重的談話很不搭軋：F.向他敘述，他昏迷了好幾天才被醫生救活：

「你聽過有人從死裡復活的親身經歷吧？托爾斯泰在一篇小說裡也說過這種事。經過一條隧道，然後盡頭是一片亮光。死後的世界好美、好迷人。嗄，我向你發誓，什麼亮光也沒有。而且，更糟糕的是，知覺、意識都還很清楚。你什麼都知道，你什麼都看見，只有他們——那些不了解狀況的醫生們，在你面前胡說八道一通，甚至連你不應該知道的事也聽得清清楚楚。說你沒救了，說你的腦子報銷了。」

他沉默一會兒。然後，說：「我不是說我的意識完全清醒。我能意識到所有的事情，可是一切都有點變形，好像在作夢。有時候，夢變成了夢魘。只是，當你活得好好的時候，夢魘很快結束，你一大叫，人就醒了，可是我，我叫不出聲音。這就更恐怖了：連叫都叫不出來。夢魘的時候，根本叫不出聲音。」

他又沉默了。然後說：「我一向都不怕死。現在，怕了。我沒辦法擺脫死後還有知覺的這個念頭。死亡，就是永無止境地陷在夢魘裡。好了、好了，不說這個了。我們談點別的。」

尚・馬克來醫院以前，本來以為他們兩人免不了要面對彼此破裂的關係，而且他不得不和F.說幾句言不由衷的話，彌合前嫌。可是他這些顧慮都是多餘的：生死邊緣的經歷使其他的事情變得無關緊要。F.雖然想轉移話題，可是幾句話一兜，又回到原處，他繼續說著他痛苦不堪的身體。這番陳述讓尚・馬克情緒低落，可是卻沒有牽動他的情感。

4

他真的這麼冷血，這麼鐵石心腸嗎？很多年以前，有一天他發現F.背叛他；唉，背叛這個字眼太有浪漫色彩、說得太嚴重了；不管怎麼說，那次背叛也沒什麼大不了：有一次聚會，尚・馬克缺席，所有的人都攻訐他，而這使他後來丟了工作（丟了工作是很遺憾，可是也沒什麼大不了，因為他從來沒把工作看得那麼重要）。這次聚會，F.參加了。他人在場，卻一句話也沒說，沒有為尚・馬克辯駁。他細小的手臂喜歡在說話的時候比來比去，這次竟然連動也不動一下，不顧朋友。尚・馬克本來還擔心自己誤會他，特別小心地去求證F.是否真的一聲不吭。證實了以後，剛開始的幾分鐘他深深覺得受到傷害；然後，他決定再也不要見他；立刻，他覺得輕鬆不少，不知道為什麼雀躍起來。

F.一一陳述了他不幸的遭遇以後，沉默了半晌，他木乃伊公主似的小臉蛋亮了起來：「你還記得我們在學校的時候說的話嗎？」

「不太記得。」尚．馬克說。

「每次聽你說女孩子的事，我都好像在聽老師講話。」

尚．馬克努力回想過去，可是他在記憶裡找不到以往談話所留下的痕跡：「我是怎麼說女孩子的？嗄，那時候也不過是個十六歲的小毛頭。」

「我還記得一個畫面，我站在你面前，」F.繼續說：「聊女孩子的事。你記得嗎，以前最讓我覺得不舒服的是，女孩子那麼漂亮的身體，竟然像個會分泌很多分泌物的機器；我告訴過你，一看到女孩子擤鼻涕，我就受不了。後來，我又碰到你的時候，你停下腳步，直盯著我看，然後用一種很老練、很直率、很堅定的口氣對我說：『你受不了擤鼻涕？我啊，我連看她們眨眼睛都受不了，看眼皮在眼球上一睜一閉的動作，我就覺得反胃，差點真的嘔出來。』你還記得這件事嗎？」
「不記得。」尚．馬克回答。
「你怎麼會忘了呢？眨眼皮。那種感覺好怪！」
可是尚．馬克說的是真的；他想不起來。不過，他根本也不想在記憶裡搜尋這件事。他想到的是別的：事實真相，以及維繫友誼唯一的一個理由——就像是一面鏡子，你能從鏡子裡端詳自己從前的面貌，要是朋友之間不這麼嘰哩呱啦地談往事，很多回憶早就被抹去。
「眼皮的事，你真的都不記得？」
「不記得。」尚．馬克回答，然後，他在心裡默默地說：你難道還不懂嗎？我實在懶得理你讓我看的這面鏡子。
F.緘默了，顯得很疲憊，好像回憶眼皮這件事讓他精疲力竭。
「你該睡了。」尚．馬克說完就起身告辭。
離開醫院以後，他迫不及待地想和香黛兒在一起。要不是他真的累壞了，他一定會立刻上路。來布魯賽爾以前，他本來的計畫是，第二天早上在旅館裡吃一頓豐盛的早餐，再從容啟程，不必匆匆忙忙的。可是，見了F.以後，他把鬧鐘調到清晨五點。

5

經過了一夜的折騰，沒睡好，很累，香黛兒走出旅館大門。

在往海邊去的路上，她遇見了許多度週末的遊客。一群一群的遊客呈現的圖像幾乎都一樣：男人推著嬰兒車，女人走在他旁邊；男人有張敦厚、體貼、笑笑的臉，看起來有點侷促不安，而且隨時準備彎下腰看看嬰兒、幫他揩揩鼻涕、拍拍他哄他不哭；而女人的臉色木然、冷淡、高傲，有時候甚至看起來不好惹（原因難以理解）。

香黛兒看著這樣的圖像產生多種變貌：男人走在女人旁邊推著嬰兒車，背上一個特製的背袋裡揹著一個小嬰孩；男人走在女人旁邊推著嬰兒車，肩膀上坐著一個小嬰孩，肚子上的袋子還揹著另一個；男人走在女人旁邊，沒有嬰兒車，一隻手牽著一個小孩，另外三個小孩分別揹在背上、肩上、肚子上。或者是，女人推著嬰兒車，沒有男人；她不知道哪兒來的力氣，像個男人一樣使勁地推著嬰兒車，香黛兒和她走在同一條人行道上，不得不急忙跳到一邊閃開她。

香黛兒心裡想：男人都「爸爸化」了。他們不是父親，而是爸爸，這意思是說：他們是沒有了父親權威的爸爸。

她想像，和推著嬰兒車、背上肚子上還揹著另外兩個小嬰孩的爸爸調情，會是什麼情況；要是她趁他太太在櫥窗前停下腳步的時候，偷偷約那位先生，他會有什麼反應？男人變成了孩子的大樹以後，他還會回頭留意陌生的女人嗎？掛在他背上、肚子上的小嬰孩不會大哭，抗議爸爸轉頭的動作把他們揹得很不舒服嗎？這些念頭讓她覺得好笑，使她的心情很愉快。她想：我活在一個男人永遠不會回過頭來看我的世界裡。

接著，她來到了海堤，附近有幾位清晨早起散步的人。這時候是退潮；她眼前的沙灘綿延鋪展一公里長。她已經很久沒有到諾曼第的海邊來了，她不知道現在大家流行玩這些活動：放風箏、風帆車。

風箏：幾根堅固的支架繃著一塊彩色的布，讓它隨風飄蕩；再以兩根線，一隻手握一根，操控風箏飛翔的方向，讓它爬升、下降、旋轉，發出大牛虻那樣的巨響，有時候，風箏的鼻翼倒栽，像飛機失事一樣的栽在沙灘上。香黛兒很訝異，她發現放風箏的人不是小孩，也不是青少年，幾乎都是成年人。而且都不是女人，是男人。其實，應該說都是爸爸！沒有帶著孩子的爸爸，這些爸爸成功地擺脫了他們太太！他們不奔赴到情婦那裡去，他們跑到沙灘來，來玩！

她又想到了一個不軌的念頭：從背後悄悄靠近，抱住這個手裡握著兩根線的男人，把他往後扳倒，看著他的玩具在空中咻咻作響；用最淫穢的字彙在他耳畔私語，邀約他雲雨巫山。他的反應呢？她很篤定，他不會回頭看她，只會一個勁兒地叫喊：走開啦別吵，我在忙！

天哪，男人永遠不會回過頭來看她。

她回到旅館。她看見尚・馬克的車子在停車場。旅館櫃台的人告訴她，他半小時以前就到了。櫃台小姐拿一張字條給她：「我提早到了。我找妳去了。J. M.」。

「他去找我。」香黛兒嘆了一口氣：「可是他去哪裡找啊？」

「那位先生說妳一定到海灘去了。」

6

去海灘的路上，尚．馬克從一個巴士站經過。巴士站裡只有一個穿牛仔褲、T恤的年輕女孩；她扭動腰肢的動作雖然不是很熱力奔放，但是可以看得出來，她好像跳舞一樣。他走到很靠近她身邊的時候，看見她張大嘴巴：嘴巴久久地開著、很貪得無厭的樣子，她在打呵欠；這張大大洞開的嘴，讓這個以機械性的動作擺動著的身體，微微調整了一下姿勢。尚．馬克心裡想：她在跳舞，而且她覺得無聊。

他來到了海堤；在海堤下面，在沙灘上，他看見幾個男的仰著脖子放風箏。他們都玩得很入神，尚．馬克想起了他以前的一個理論：無聊可以分為三種：被動的無聊——那個跳舞打呵欠的女孩；主動的無聊——那些喜歡放風箏的人；反叛的無聊——那些砸毀車子、打破車窗玻璃的年輕人。

在海灘更遠的地方，有幾個孩子，十二歲到十四歲之間的樣子，他們都戴著彩色的大頭盔，躬著身子，群聚在幾輛古怪的車子四周：車子前輪只有一個，後輪有兩個，在前後輪之間，有幾根金屬桿架成十字交叉；中間的部分，車身呈長方形，低低地貼著地面，身體要鑽進車身，躺在裡面；車身上面，有一根桅杆架著風帆。這些孩子為什麼要戴頭盔？當然是因為這種運動有危險性。可是，尚・馬克心裡想，有危險的應該是在海灘上散步的人，孩子操控的這種車子會危及他們的安全；為什麼不請他們也戴頭盔呢？因為不甩這一類文明活動的人們，是逃兵，從群體反抗無聊的陣營裡逃開去，所以也就不必掛意他們，他們也不必戴頭盔。

他步下階梯，來到海灘，很專心地看著潮水退去的海潮線；遠方有些閒蕩的人影，他努力辨識香黛兒是不是在其中；終於，他看見她；她剛剛停下來凝視海浪、帆船、雲彩。

他從那些駕著風帆車的孩子旁邊經過，有一位教練正在教孩子怎麼坐進小車裡，慢慢地兜著圈圈滑動。周圍，有其他幾輛風帆車飛速奔馳。風帆只以一條繩子操控，左右車子行駛的方向，接近散步的人的時候，可以轉向避開。可是，一個笨拙的駕駛真的能完全操控風帆的方向嗎？而且，風帆車真的能始終如一地聽從駕駛的指揮嗎？

尚．馬克看著風帆車，而當他發現其中一輛突如其來的衝著香黛兒飛馳而去的時候，他的眉頭不禁緊緊皺了起來。一位老先生，像個太空人在火箭裡似的，躺在車裡。他水平仰躺的姿勢，讓他看不到前面的東西！而香黛兒她，她有沒有小心一點避開風帆車？他暗暗地罵她，氣她老是這麼粗心大意，然後他加快了步伐。

她轉身往後走。不過她當然沒看到尚．馬克，因為她一直慢慢地踱著步子，以女人那種沉浸在自己冥想中的步伐，走著路，沒有注意她周遭的人事物。他想對她大喊，要她別那麼心不在焉，小心那些在海灘上亂竄的風帆車。突然，他想像他看見她被風帆車壓倒了，身體橫陳在海灘上，流著血，風帆車遠遠地開走了，他看見自己朝著她奔過去。這幅景象讓他好激動，他真的把香黛兒的名字喊了出來，然而風很強，海灘遼闊，他的叫聲沒有人聽見，但是他依然沉陷在這一幕浪漫的悲劇裡，眼睛含著淚水，為了她焦急大喊；他的臉孔因為害怕而縮皺變形，在這幾秒鐘的時間裡，他活在她已經死亡的恐懼中。

接著，他自己都覺得奇怪，怎麼會莫名其妙地歇斯底里起來，他遠遠看見她，她散步的樣子，懶懶地、安詳地、恬靜、迷人，非常讓人感動，他笑自己剛剛怎麼會編出死亡的那一幕，他笑了，但他沒有非難自己這個念頭，因為從他愛上她的那時候開始，香黛兒的死就一直跟著他，如影隨形；他向她揮揮手，這次真的朝著她跑過去。可是她又把腳步停下來，又一次看著海，看著遠方的帆船，沒注意到有個男人舉起手臂，向她揮舞。

終於！她朝著這邊走過來，似乎看到了他；他很高興，又把手臂舉起來。可是她沒有把注意力放在他身上，她的目光看著海浪輕輕拍打沙灘，腳步也隨著停下來。現在她側著臉，他發現他以為是髮髻的，原來是圍巾盤在頭上。他越是靠近她（他的腳步突然慢了許多），才發現他以為是香黛兒的這個女人，突然變老、變醜，最後最可笑，竟然變成是別人。

7

香黛兒很快就放棄了到海堤去看看尚・馬克在不在沙灘上的念頭，她決定在房間裡等他。可是她覺得好睏啊！為了不破壞待會兒見面的愉快氣氛，她想很快地去喝一杯咖啡。她轉了個方向，走到一座以混凝土和玻璃蓋成的大廳館去，廳館裡面有一間餐廳、一間咖啡廳、娛樂廳，和幾間商店。

她走進咖啡廳裡；音樂開得很響，讓她震耳欲聾。她很煩躁地從兩排桌子中間走過。在這間空蕩蕩的大廳裡，有兩個男人特別盯著她看：一個是年輕的咖啡廳侍者，穿著黑色衣服、靠在櫃台前面；另一個，年紀大點，個頭結實，穿著T恤，站在咖啡廳的最裡面。

她想坐下來，便對個頭結實的那一位說：「你能不能把音樂關掉？」

他走近前來，問她：「抱歉，我沒聽清楚。」

香黛兒看著他肌肉發達的手臂，上面有刺青：一個大胸脯的裸體女人，身上還盤著一條蛇。

她又說了一次（語氣緩和了些）：「音樂，你能不能關小聲一點？」

那個男人回答：「音樂？這音樂礙到妳嗎？」這時候，香黛兒看到另外那個年輕的走到櫃台後面，把搖滾樂的音量開得更大。

刺青的那個男的靠她很近。她看他的笑容邪邪的。她投降了：「沒有，我沒有說你的音樂怎麼樣！」

刺青的說：「我就知道妳會喜歡。妳要點什麼？」

「都不必，」香黛兒說：「我只是來看看，你們這裡滿好的。」

「那麼，為什麼不留下來呢？」一個聽起來讓人很不舒服的柔細的聲音，從她的背後傳來，那個穿著黑色衣服的年輕人現在又換了個位置：他站在兩排桌子中間，堵住了通往出口的唯一過道。他諂媚的聲調反而讓她驚慌起來。她覺得自己好像掉進了陷阱，不一會兒就要被囚。她要快快採取行動。要離開這裡，一定要經過那個年輕人堵住的過道。她好像決定要直接邁向滅亡似的，往前直走。看著她前面那個年輕人不正經的淺笑，她的心怦怦跳。到了最後一刻，他靠邊站開一步，放她過去。

8

把另外一個人看成是自己的情人。這種事發生在他身上好多次了！每次他都會嚇一跳：她和其他人之間真的是沒有太大的差異嗎？他怎麼會認不出她的樣子呢，她是自己最愛的人，是被他看作是無與倫比的人？

他打開旅館房間的門。終於，他見到她了。這次，錯不了，就是她，可是她卻不像她。她的臉老了，她的眼神怪怪的，有點兇。就好像剛剛在海灘上他揮錯手的那個女人，從那以後就永遠取代了他最愛的女人。就好像他沒有能力認出她，理該被懲罰。

「怎麼啦？發生了什麼事？」

「沒有啊。」她回答。

「啊，沒有？妳的樣子都變了。」

「我沒睡好。我整個晚上幾乎都沒睡，早上又亂七八糟的。」

「早上亂七八糟的？為什麼？」

「沒什麼啦，真的沒什麼。」

「告訴我呀。」

「真的沒什麼嘛。」

他堅持。她終於說了：「男人都不回頭看我。」

他看著她，沒辦法理解她在說什麼，她想說什麼。她難過，因為男人不回頭看她？他想對她說：那我呢？那我呢？我在海灘上找妳走了好幾公里，我哭著喊妳的名字，而且我還跟在妳的後面跑遍了整個地球？

他沒把這些說出來。他反而聲音低低的，慢慢重複她剛剛所說的：「男人都不回頭看妳，妳真的是為這個難過啊？」

她臉紅了。他已經很久沒看到她這樣臉紅，她竟然臉紅了。這股紅赧似乎洩漏了她羞於啟齒的種種慾望。這些慾望是如此的強烈，香黛兒抗拒不了，只好重複地說：「嗯，男人，他們都不回頭看我。」

9

當尚．馬克出現在房間門檻的時候，她本來很想表現得很高興；她想擁抱他，可是她沒辦法；從她去過咖啡廳以後，她就全身繃得緊緊，把自己縮起來，縮進惡劣的情緒裡，她怕她本來要表示愛意的姿勢，反而顯得勉強，好像是裝出來的一樣。

然後尚．馬克問起她：「發生了什麼事？」她跟他說沒睡好，很疲倦，可是她沒辦法讓他信服，他還繼續追問；不知道該怎麼避開他這個出於愛的盤問，於是，她想到了用一些好玩的事來回答他；清晨散步時，男人都變成孩子樹的想法回到她腦海裡，她又想起那個她差不多忘了的句子：「男人都不回頭看我。」她以這個句子來躲避嚴肅的討論；她努力以最平淡的口氣把這個句子說出來，可是她很訝異，他回答她的聲調卻帶著一股酸氣，有點悶悶不樂。她覺得，他的悶悶不樂都寫在臉上，她立刻就明白了他沒有聽懂她的意思。

她看他一直看著她，久久地凝視，一副很沉重的樣子，她感受到這眼神在她身體的深處燃起了火。這股火很快地蔓延到她的肚子，升到她的胸部，炙紅了她的臉頰，她聽見了尚．馬克重複她說的話：「男人都不回頭看妳，妳真的是為這個難過啊？」

她覺得自己像火把一樣燒灼起來，皮膚上沁出了汗水；她也知道，她臉一紅反而使她的句子顯得重要無比；他大概以為，這幾句話（唉，根本沒什麼意思）表示她不忠實，她是在向他表達，她的感情偷偷在尋找滿足，而現在，她因為羞愧而臉紅；這是個誤會，可是她不能向他解釋什麼，因為這一陣突如其來的紅赧，她自己很早就明白是怎麼回事；只是她一直不想用一個明確的詞彙來說明它，但這一次，它的涵義她完全明瞭了，可是基於同樣的理由，她不想說，也無法把它說出來。

這股灼熱的感覺持續了好久，而且全然流露出來，在尚・馬克眼中看來，這好殘忍；她已經不知道該怎麼掩飾、該怎麼躲藏，以轉移他探詢的眼光。因為她太驚慌，只好信心滿滿地說著同樣的句子，修正她第一次有點弄擰了的表達態度，終於故做輕鬆地再把這個句子說了一次，就好像在講笑話，講一件好玩的事：「嗯，男人，他們都不回頭看我。」再修正也是白費力氣，這個句子他聽起來比之前的還讓他覺得悶。

尚・馬克的眼中驟然閃起一道光，她懂這個意思，它就像是一盞呼救的燈號：「那我呢？我一直追在妳後面跑，妳到哪兒我就跟到哪兒，妳怎麼能想著那些不回頭看妳的人？」

她覺得鬆了一口氣，因為尚・馬克的聲音裡充滿了愛意，撫慰了她，使她放鬆下來，剛才她慌亂的時候，完全忘了這個聲音的存在；可是她在心理上還沒有準備好聽到這個聲音，這聲音就好像來自遠方，很遠很遠的地方；她需要多聽一會兒，才能相信這是真的。

這也就是為什麼，他要擁抱她的時候，她很僵硬；她不敢緊緊靠在他身上；她怕她汗溼的身體洩漏了秘密。這個擁抱來得太突然，她一下子沒辦法控制自己；所以，她還來不及調整姿勢，就先很害羞但是很堅決地，一把推開他。

10

白白糟蹋了這一次見面，連擁抱都沒辦法，這件事真的有什麼道理可言嗎？香黛兒還會記得這莫名其妙的一刻嗎？她還會記得讓尚・馬克心煩的那個句子嗎？不太可能。它會像其他千百個小插曲一樣，都被拋到腦後。大約過了兩個小時，他們就一起在旅館餐廳裡用餐，輕鬆愉快地談到了死亡。談死亡？香黛兒的老闆要她想一想，要怎麼為呂西安・杜華的殯儀館發動一場宣傳戰。

「你別笑喔。」她笑著說。

「他們呢，他們會不會笑？」

「誰？」

「妳的同事啊。這件事情本來就很好笑，死亡還要做廣告！妳的老闊，那位托洛斯基派[1]的老兄！妳還一直說他很聰明！」

「他是很聰明。他的邏輯推理像手術刀一樣精確。他懂馬克思、精神分析學，和現代詩。他很喜歡說二〇年代的文學，在德國，或是我忘了在其他的什麼地方，有一派主張把日常生活寫進詩裡。根據他的說法，廣告，就是在後天經驗上實踐詩的這一套主張——把生活中簡單的事物轉化為詩。而藉著這種轉化，平凡的日常生活就會發出美妙的歌聲！」

「妳說這種庸俗的想法叫做聰明！」

「他說這些話的時候，是用有點憤世嫉俗、有點挑釁的口吻說的。」

「他跟妳說幫死亡做個廣告的時候，他是笑，還是沒笑？」

「他帶著一種疏離的微笑，顯得很優雅，而你越覺得自己強，你越會強迫自己表現得優雅。可是他那種疏離的笑和你的微笑完全不同，而且他對這種細膩的差異很敏感。」

「那麼，他怎麼受得了妳的笑呢？」

「可是，尚．馬克，你相信嗎，我沒有笑。別忘了，我有兩面性格。像我這樣子雖然常常會得到某些樂趣，可是，有兩面性格，並不輕鬆。這還頗費勁兒的，而且需要有一點訓練！你應該知道我一向如此，心甘情願也好，不甘不願也好，我都有把它做好的雄心。並不是因為我怕丟了工作，而是我很難一面想把工作做到盡善盡美，另一面卻瞧不起自己所做的。」

「喔，妳可以的，妳有這個能力，妳很聰明的。」尚．馬克說。

「對，沒錯，我是有兩面性格，可是我不會同時擁有這兩面。跟你在一起的時候，我是用嘲諷的那一面來看待我的工作。而在辦公室的時候，我就用正經的那一面。我常常收到求職的人寄來的資料，他們都想來

【本書所有的註都是譯註】
1. 托洛斯基主義，原來是指「以不斷革命論為基礎的一種馬克思主義思想」。後來，這個詞泛指各種極端的論調。

我們公司找工作。要錄用他們，還是要回絕他們，都必須由我決定。在這些求職的信件裡，有些人很會用非常流行的語言來表達，用很多口頭禪、很多時髦的說法，而且這些人必然都用很樂觀的口吻表達。我不需要看到他們，也不需要跟他們說話，就知道我討厭這種人。可是我知道，他們這種人會比較有熱情做好這個工作。當然，在其他時候也有一些本來是研究哲學、藝術史、或是教法文的人，因為目前找不到更好的工作，所以難免有點沮喪的，找工作找到我們公司來。我多少也知道，他們不太瞧得起他們想找的這份工作，然而他們才是和我意氣相投的人。但我不得不做個斷然的決定。」

「妳斷然的決定是什麼？」

「每當我錄用一個我對他有好感的人，我也會同時錄用一個能把工作做好的人。好像我一半是公司的叛徒，一半是我自己的叛徒。我是個雙面的叛徒。可是我不會把這種雙面的背叛，看作是挫敗，反而把它看作是一種戰績。因為我還能維持我的兩面性格多久呢？這種事很累人。總有一天，我只會剩下其中的一面。當然囉，剩下的是糟的那一面、嚴肅的那一面、隨俗的那一面，到時候你還會愛我嗎？」

「妳永遠不會失去這兩面性格的。」尚．馬克說。

她笑了，舉起酒杯：「希望是這樣！」

他們互相碰杯，喝了一口酒，尚．馬克又接腔了：「其實，我還滿羨慕妳要為死亡做廣告的。我自己也不知道為什麼，從小就很迷講死亡的詩。我背了好多好多首。現在都還會背，妳要聽嗎？也許妳可以把它拿去用。例如波特萊爾的這幾句，妳大概也知道的：

喔死神，老船長，時間到了！起錨啦！

這個國度我們厭煩，喔死神！出航吧！」

「我知道，我知道這首。」香黛兒打斷他，說：「這首詩很美，但不是我們要的。」

「咦？妳們那位托洛斯基派的老兄不是喜歡詩嗎！對一個垂死的人，還有什麼比『這個國度我們厭煩』這句詩更好的安慰？我已經可以看到一幅畫面：墓園的大門上，用霓虹燈勾畫出來這個句子。妳的廣告，只要稍微改幾個字就可以了：『這個國度我們厭煩。呂西安·杜華，老船長，保證帶領出航。』」

「可是我的責任不是討好臨終的人。他們不必操心呂西安·杜華會提供什麼服務。為死人辦喪事的是活人，他們還想享受人生，而不想頌揚死亡。別忘了一件事：我們的信仰，是對生命的禮讚。『生命』這個字是所有的字的王。這個『萬字之王』旁邊圍繞著很多偉大的字。像『冒險』！像『未來』！還有『希望』這幾個字！喔，我想起來了，你知道投到日本廣島的那顆原子彈，它的縮寫碼代表的是哪個詞嗎？Little Boy！選用這個代稱的人真是天才！再也找不到更好的字眼來命名。Little Boy，小男孩、小傢伙、小毛頭，還有什麼字眼比這個更溫情、更觸動人心、更具有未來。」

「嗯，我懂了。」尚・馬克說：「很佩服。籠罩在廣島上空的是個生命，它化身為一個小男孩，在廢墟上，撒了一泡帶著希望的金黃色尿尿，所以戰後的年代就這樣開啟。」他舉起酒杯：「敬妳！」

11

她安葬她兒子的時候，他只有五歲。後來，在某一次的假期裡，她的大姑對她說：「妳太傷心了。再懷一個孩子對妳比較好，只有這樣妳才會忘記過去。」她大姑的這番話，讓她的心揪成一團。孩子：沒有個人歷史的一個生命體。很快就被接續而生的孩子所抹除，成為一道陰影。可是她不願意忘記她的孩子。她護衛他不可取代的個別性。她護衛過去，護衛一個可憐的小小死者被疏忽、被輕看了的過去，以抵擋未來。過了一個禮拜以後，她的丈夫也對她說：「我不希望妳一直消沉下去。我們最好趕快再生一個孩子，然後，妳就會忘記了。」妳就會忘記了：他甚至沒有想到要用另外一種方式表達！從這個時候起，她心裡就萌生了離開他的念頭。

顯然，對她來說，她的丈夫（他是個比較被動的人）不用他自己的角度來看這件事，而以他姊姊的觀點來談，他姊姊代表的是一個大家族更廣大的利益。目前，他姊姊和她的第三任丈夫，以及她和前夫生的兩個孩子住在一起；而且，她和她前面兩任的丈夫都處得很好，把他們和她的家人——她的兄弟、她的表姊妹——都聚在她的身邊。放長假的時候，這個盛大的聚會在鄉下一棟寬敞的大宅院裡舉行；她試著不著痕跡的、一步步把香黛兒融入這一家老小裡，想使她成為他們的一分子。

也就是這時候，在這棟鄉下寬敞的大宅院裡，她大姑和她先生先後勸她再生一個孩子。而且也就是這時候，在那間小小的臥室裡，她拒絕和他做愛。他每一次求歡，都會讓她想起他們家要她再懷孕，一想到要和他做愛，她整個人就不對勁。她總覺得這一家大大小小，老祖母、爸爸、外甥、外甥女、表姊妹都會在門後偷聽，悄悄探查他們床上的被單，偷覷他們早上疲憊的神色。所有的人都覺得自己有權利盯著她的肚子看，連她的小外甥都像是被徵調來在這場戰爭裡當傭兵。其中有個外甥問她：「香黛兒，妳為什麼不喜歡小孩？」

「你為什麼覺得我不喜歡小孩？」她立刻冷冷地頂回去。他不知道該怎麼接口。她很生氣，繼續問他：「是誰告訴你我不喜歡小孩的？」

這個小外甥，在她嚴峻目光的注視下，又畏怯、又十分肯定地說：「要是妳喜歡小孩的話，妳就會再生一個。」

放完假回家以後，她決心要這麼做：先有自己的一份工作。她兒子出生以前，她本來是中學老師。這份工作的薪水很低，而且現在她不想再回去教書（她很喜歡教書），寧願找一份她沒有興趣的工作，可是薪水足足有三倍之多。為了錢，背叛她自己的興趣，她覺得很內疚，可是還能怎麼辦呢，這是唯一能讓她獨立的辦法。可是，要獨立，有了錢還不夠。她還需要一個男人，一個過另外一種生活的男人，好做為她仿效的對象，因為她想要擺脫她以前的生活想瘋了，可是她自己想像不出來另外一種生活要怎麼過。

她等了幾年，才認識尚・馬克。十五天後，她跟她先生說要離婚，他好驚訝。這時候，她的大姑都叫她母老虎，讚賞的口氣裡帶有一絲敵意，她說：「妳不動聲色的時候，沒有人知道妳在想什麼，然後，妳會突然伸出爪子突襲。」三個月以後，她買了一間公寓，拋開了結婚的念頭，和男朋友住在一起。

12

尚・馬克作了一個夢：他很擔心香黛兒，他到處找她，他在街上跑來跑去，終於，他看見她，她的背影，她往前走，越走越遠。他追著她跑，喊她的名字。只差幾步而已，她轉過頭來，這下尚・馬克被懾住了，在他面前的是另一張臉，一張陌生的、讓人不舒服的臉。然而，這不是別人，是香黛兒，是他的香黛兒，他很確定，可是他的香黛兒卻有一張陌生人的臉，這真讓人難受，非常非常地讓人難受。他抱住她，緊緊地把她抱在懷裡，以哽咽的聲音不斷地喚著：「香黛兒，我的小香黛兒，我的小香黛兒！」好像他想藉著一再複述這些話，把她那張丟失了的臉、丟失了的身分，注入這張變形的臉裡面去。

這場夢驚醒了他。香黛兒已經不在床上，他聽見浴室裡傳來梳洗的聲音。夢裡的情緒還罩在他心頭，他迫切地想看到她。他起身，走到虛掩著門的浴室門邊去。他停下腳步，像個貪婪的偷窺狂一樣，偷看私密的一幕，他看到她了：沒錯，是她，是他所熟悉的香黛兒：她彎腰在洗臉盆上刷牙，吐了一口含著口水的牙膏泡沫，她那專注的刷牙神情很滑稽、很孩子氣，尚．馬克不禁微笑。她好像感覺到他的目光，就地轉過身子，看見他在門邊，她有點惱，最後還是隨便他吻她滿是白沫的嘴。

「今天晚上，你能到辦公室接我嗎？」她問他。

晚上六點鐘左右，他進入大廳，經過走廊，走到了她辦公室門前停下來。辦公室的門也像今天早上浴室的門一樣虛掩著。他看見了香黛兒和另外兩個女的，她的兩位女同事。可是她的樣子和早上不一樣；她講話很大聲，他不習慣她現在這種聲調，她的動作也比較快、比較粗暴、比較有權威。早上，他在浴室裡找回他在夜裡失去的那個人，而那個人，在午後，卻又在他眼前變了形。

他踏進辦公室。她對他微笑。可是這個微笑僵僵的，香黛兒顯得很直硬。二十幾年以來，親親兩邊的臉頰，在法國幾乎成為無法省略的俗套，而正因為是俗套，所以對相愛的人來說就有點難堪。當著別人面的時候，該怎麼免去這個俗套，才不會被別人認為這對情侶在吵架？香黛兒有點拘謹地靠過來，和他親親兩邊的臉頰。這動作很不自然，他們兩個人都有一種虛偽的感覺。他們一起離開了辦公室，過了好一會兒，他才覺得香黛兒變回他熟悉的樣子。

一直都是這樣：從他第一眼看見她，一直到他認出她就是他所愛的那個人，他都還要走一大圈的路。他們最初在山上認識的時候，他幾乎立刻就有機會和她單獨相處。如果在他們單獨相處之前，他先要花很長一段時間在一群人當中和她接觸，他分辨得出來她就是他所愛的人嗎？如果他不認識她展現在同事、老闆、屬下面前時的面孔，這張臉還會讓他感動、讓他讚歎嗎？對於這些問題，他沒有答案。

13

也許就是因為他對這些古怪的片刻過度敏感，「男人都不回頭看我」這句話才會深深刻在他腦海：香黛兒說這個句子的時候，變得和平常不一樣，讓人認不得。這樣的句子一點都不像她。她兇起來的時候、她變老的時候，她的臉也一點都不像她。

剛開始，他的反應是嫉妒：她怎麼能哀嘆別人不注意她，她可知道就在同一天早晨，他為了盡快趕到她這裡，不顧自己在路上的生命安全？可是，之後不到一個小時的時間，他又這麼對自己說：女人都會以男人的肢體語言傳達出喜歡或不喜歡她，來衡量自己老化的程度。要是他這樣就被惹毛了，不是很可笑嗎？不過，要他像沒事兒似的，他也覺得不對。因為他們最初認識的時候，他就注意到了她臉上微微衰老的痕跡（她比他大四歲）。在那時候，她的美貌讓他驚豔，可是她的美貌並沒有讓她顯得更年輕；應該說，她的年紀使她的美貌更具有說服力。

香黛兒的句子在他的腦海裡迴響，他也想像著她身體的故事：她的身體淹沒在千百個其他的身體之間，直到有一天，一雙含著慾望的目光垂視它，把它從一大團模模糊糊的眾多身影中拉拔出來；接著，目光大量的增殖，點燃了這個身體，從此，這個身體以火炬之姿遍行世界；這是散發出榮耀之光的時刻，可是，不久之後，目光越來越稀少，火光逐漸黯淡，直到有一天這個身體呈半透明狀，又漸呈透明狀，然後隱然不可見，一如小小的烏有空無在街頭四處遊走。從最原初的不可見，到第二次不可見的這一趟過程裡，「男人都不回頭看我」的這個句子是紅色的警示燈，是身體的火光漸次熄滅的訊號。

就算他告訴她，他愛她，他覺得她很美，也是枉然白費，他愛戀的目光安慰不了她。因為帶著愛意的目光，是一種孤立的目光。尚・馬克心裡想著相愛的孤獨，兩個相愛的人在別人的眼中是隱形的：這是種憂傷的孤獨，預示了死亡。唉，可是現在她所需要的，不是一雙愛戀的目光，而是陌生的、露骨的、帶著淫慾的眾多目光漫泛而來，而且這些目光注視她的時候，不帶同情心，不帶鑑別性，沒有溫柔，沒有禮貌，無可抵擋，無可避免。這種目光把她維繫在人類社會裡。愛戀的目光則把她從世界抽離。

他想起他們剛認識的時候，很快就被愛沖昏了頭，這不禁讓他懊悔起來。他不必想辦法贏得她的芳心：在初見面的那一刻，她就已經許了芳心。回頭看她？何必呢。她已經在他身邊，在他面前，在他左右，從一開始就如此。一開始，他是強者，而她是弱者。他們的愛根本上就包含著這種不平等。一種無法平反的不平等，一種不公平的不平等。因為她年紀比較大，她成了弱者。

14

她十六、七歲的時候，好喜歡一個意象；是她自己創造的意象，還是她從別處聽來、讀來的？這不重要。她想變成玫瑰花的香味，一種外放的、具有征服性力量的香味，她想遍及所有的男人，而且透過男人，擁抱整片地土。玫瑰花向外展露的香味，是一種冒險的意象。這個意象是她在跨進成人階段的門檻時綻放出來的，就好像生活可以過得甜膩糜爛的一種浪漫保證，就好像是一趟邀請妳橫越男人的旅程。可是，本性上，她不是那種天生就會不斷換情人的人，所以她一走入婚姻，走入平靜、安穩、快樂的婚姻時，這個迷迷濛濛、抒情的夢很快就沉沉睡去。

過了很久以後——那時候她已經離開丈夫，和尚．馬克一起住了好多年——有一天，她和尚．馬克在某一處海邊：他們在室外吃飯，就在海水上面一個木板搭的露台上吃飯；那次在她的記憶裡，一直對白色有強烈的印象；木板、桌子、椅子、桌布，都是白色的，路燈燈柱也漆上白色，燈泡也挨著夏季的天空散發白色的光芒，天色還沒有全暗，月亮，也是白的，它四周也被映得發白。沐浴在這一片白色當中，她感覺到自己深深懷念著尚．馬克。

懷念？她怎麼會懷念起他呢，他不就坐在面前嗎？他就在她身邊，她怎麼還會好像他不在場一樣，受懷念之苦呢？（尚．馬克知道該怎麼回答這個問題：我們還是會當著愛人的面，有懷念之情，要是我們略略知道我們所愛的人以後可能不在；或者是我們所愛的人之死，已經隱隱然潛伏。）

那次在海邊，在那個深深有懷念之情的奇怪時刻，她突然想起她死去的孩子，而且這時卻有一股幸福之感充滿在她心中。她馬上就被這種感覺嚇到了。可是，感覺，每個人都拿它沒辦法，它們就是存在，不受任何挾制。我們可以怪自己做了某件事，說了某句話，卻不能怪自己有某種感覺，這理由很簡單，因為我們完全無法控管感覺。想念她死去的兒子讓她感到幸福，她只能問自己，這代表了什麼意義。這個答案很清楚：這表示她出現在尚・馬克身邊是必然會發生的，也幸虧是她兒子不在了，這樣的必然性才真確。她很高興她兒子死了。她坐在尚・馬克的面前，很想大聲地對他說這件事，可是她不敢。她不太知道他會怎麼反應，她怕被他當怪物看。

她細細品嘗著全然沒有冒險的人生。冒險：一種擁抱世界的方法。她再也不想擁抱世界。她也不想要這個世界。

她細細品嘗著這種沒有冒險、而且連冒險的慾望都沒有的幸福生活。她還記得她的意象，而且看見了一朵玫瑰花凋萎，很迅速，就好像用高倍速放映的影片，很快就凋謝得只剩下瘦瘦的莖，黑幽幽的，從此消逝在他們那個夜晚的白色宇宙中：在那一片白色當中，玫瑰變得淺淡。

同一天晚上，在睡覺之前（尚・馬克已經睡著了），她又想起了她死去的孩子，這想念還是伴隨著幸福之感，她覺得好慚愧。這時候她對自己說，她對尚・馬克的愛是一種異端，違反了她所拋離的那個人類社會的不成文法；她告訴自己，她應該把她這份超量的愛藏匿起來，以免激起別人帶著惡意的怒氣。

15

每天早晨，她總是第一個離開公寓，而且都是她去開信箱，把寄給尚．馬克的信留下，拿走寄給她的。這天早上，她發現有兩封信：一封是尚．馬克的（她偷偷看了一下：是布魯賽爾的郵戳），另一封署名要給她，可是沒有寫地址，沒有貼郵票。是有人親自送來這封信。因為時間有點趕了，她沒拆封，直接把信放進皮包裡，匆匆趕去搭公車。她在公車裡一坐定，就打開信封；信上只寫著一行字：「我像個偵探一樣地跟蹤妳，妳好漂亮，非常漂亮。」

她第一個感覺是很不舒服。有人沒有得到她的允許，就想介入她的生活，想吸引她的注意力（她的注意力很有限，而且她沒有足夠的力氣提高自己的注意力），簡單說，那個人要糾纏她。接著她對自己說，畢竟，這只是個小鬧劇。哪個女人沒收過類似的字條？她又把信看了一遍，她突然想到，坐在她旁邊的那位太太也看得到信上寫的。她把信收回皮包裡，看看她四周。她看見坐在車上的這些人，大家都心不在焉地看著車窗外的街道，兩個年輕女孩笑得很張狂，靠近下車門的地方，有位高大、英挺的年輕黑人盯著她看，有一個女人埋首在一本書中，想必她還要坐一大段路。

通常，在公車上，她不會注意別人。因為這封信，她覺得有人在看她，所以她也要看看別人。會常常有人盯著她看嗎，就像今天這個黑人這樣？好像他知道她剛剛看的信的內容，他對她微微一笑。難道是他，他是寫這張字條的人？她立刻驅走這個荒謬的念頭，站起來，準備在下一站下車。下車必須從那個黑人旁邊經過，他堵住了出口的通道，讓她覺得很不便。當她已經離他很近的時候，公車忽然煞車，她努力讓自己的身體保持平衡，而一直看著她的那個黑人卻放聲大笑。她下了車，心裡想：「他不是調情，他是在譏笑。」

這個譏笑的笑聲，她一整天都聽見，就像是個不好的兆頭。她在辦公室裡又把信拿出來看了兩三回，回家以後，她還在想，接下來要怎麼處理。留著它？幹嘛呢？拿給尚·馬克看？她會覺得不好意思；好像她要炫耀自己！那麼，把它滅跡？當然。她到廁所去，彎腰站在抽水馬桶前面，看著馬桶裡的水；她把信封撕成碎片，丟進去，沖水，可是她又把信紙摺好，帶到房間裡。她打開放內衣的衣櫃，把信放在胸罩下面。這麼做，她又聽見了那個黑人譏笑的笑聲，而且她對自己說，她和所有的女人都一樣；她的胸罩，突然，讓她覺得是女性特有的庸俗、愚蠢。

16

一個小時後，尚．馬克回到家，就把訃聞拿給香黛兒看：「今天早上我在信箱裡看到這個。F.死了。」

香黛兒還滿高興有另外這封信，一封比較沉重的信，壓過了她那封無聊的信。她挽著尚．馬克的手臂，把他帶到客廳，和他面對面坐著。

香黛兒說：「你還是會覺得難過。」

「沒有，」尚．馬克說：「或者應該說，我難過的是我怎麼不覺得難過。」

「到現在你還是沒辦法原諒他？」

「我早就都原諒他了。事情和這個沒有關係。我跟妳說過，以前，當我決定不再見他了以後，很奇怪，我反而覺得心情愉快。那時候我冷酷得像冰塊，我自己卻覺得滿心歡喜。然而，他的死並沒有改變我這種感覺。」

「你嚇到我了。真的，你嚇到我了。」

尚・馬克站起來，去拿一瓶白蘭地，和兩個杯子。然後，灌下一大口酒，說：「我去醫院看他，最後他開始敘述他的回憶。他跟我提起了我十六歲時應該說過的話。在那個時候，我了解到，在現今社會我們與人建立友誼唯一有意義的是在哪一點上。友誼，是讓我們的記憶運作良好不可少的一個要素。回憶過去，把過去的記憶一直帶在身上，這也許是保持記憶的必要條件，也就是所謂的，保持自我完整的統合感。為了讓自我不會變得越來越狹隘，為了維持它的容量，就必須把記憶當作一盆花一樣，要記得常常澆水，而且澆水，就需要和見證過我們過去的人——也就是和朋友——常常接觸。他們是我們的鏡子；我們的記憶；我們對朋友無所求，只要他們能不時擦擦這面鏡子，好讓我們照照自己。可是我一點也不在乎我在中學時所做的！我從少年時代開始，甚至可以說我從兒童時代開始，我所渴望的友誼，一直都是另外一種：友誼的價值高過於其他的一切。我想說的是：在真理與友誼兩者之間，我永遠站在友誼這一邊。我這麼說好像故意要找碴，可是我真的是很嚴肅看待這件事情。我知道目前這種道德標準已經太陳腐了。這種友誼可能對阿奇里斯（Achille）——帕特洛克羅斯（Patrocle）的朋友[2]、對大仲馬的劍客們，甚至對一向是他主人真正的朋友的桑丘・潘扎[3]來說，才有價值，雖然他們的朋友都不同意他們所行的，但朋友還是支持他們到底。可是對我們來說，這種友誼已經不存在了。我會這麼悲觀，是因為我自己現在也會為真理而犧牲友誼。」

又品嘗了一口酒之後，他說：「以前，友誼對我來說，是一種可以

2. 希臘神話裡的人物，阿奇里斯和帕特洛克羅斯是表兄弟，在戰爭期間，帕特洛克羅斯扮成阿奇里斯的模樣出陣，代替他被殺。
3. Sancho Panza，唐吉訶德的隨從。

證明有比意識形態、比宗教、比國族更強的東西的確據。在大仲馬的小說裡，主角的那四位朋友分屬於敵對陣營，常常被迫互相爭鬥。可是這無損於他們的友誼，他們仍然運用策略在暗中彼此幫忙，譏笑他們各自的陣營所堅持的真理。他們把友誼高舉在真理之上、在理念之上、在上級的命令之上、在國王之上、在皇后之上、在一切之上。」

香黛兒輕輕摩挲著他的手，他停了一下，又說：「大仲馬寫三劍客，故事的歷史背景比他自己的年代還要早兩個世紀。是不是在他那個時代，就已經在感傷友誼美好的性質已然喪失？或者，友誼喪失的問題是近來才有的現象？」

「我沒辦法回答。友誼，不是女人會問的問題。」

「妳能不能再解釋清楚一點？」

「我的意思是說，友誼，是男人才會面臨的問題。男人的浪漫精神是表現在這裡，我們女人不是。」

尚．馬克灌了一口白蘭地，又繼續表達他的想法：「友誼是怎麼產生的？當然是為了對抗敵人而彼此結盟，要是沒有這樣的結盟，男人在面對敵人的時候，將會孤立無援。也許現在已經沒有結盟的這種迫切需要了。」

「敵人永遠都存在。」

「對，可是現在的敵人都是看不見的、沒名沒姓的。行政管理、法律等等的。要是政府決定要在妳的窗前蓋一座機場，或是老闆要解僱妳，朋友能為妳做什麼嗎？要是有什麼可以幫得上妳的忙，一定還是個沒名沒姓的、不可見的組織，像是社會救助組織、消費者保護組織、律師事務所。再也沒有什麼考驗，可以檢驗友誼禁不禁得起試煉。從戰場上搶救一位受傷的朋友、拔刀幫助妳的朋友抵抗盜匪，這種事已經不可能發生在現在這個社會了。我們終其一生都不會遭遇什麼重大危險，可是也不會有友誼了。」

「如果真的是這樣，你應該和F.言歸於好。」

「我也承認，要是我當時去責怪他，他可能不懂我到底在生什麼氣。當其他人都在批評我的時候，他一言不發。不過我必須公正地說：他認為他沉默代表他有勇氣。有人跟我說，他後來甚至還覺得很自豪，因為他挺住了現場那種一面倒的、對我非常惱怒的氣氛，而沒有被影響，沒有說一句對我不利的話。所以他自己問心無愧，而我突然不願意再見他，連一句解釋都沒有，他大概覺得很受傷。我也有錯，錯在我希望他不只是保持中立。要是當時他大膽地在那個充滿憤怒、攻訐的場合，站出來為我說話，恐怕他自己也免不了要被他們排斥、被他們指責，自己惹得一身腥。我怎麼能對他做這種要求？何況他還是我的朋友呢！在這方面是我自己對他不友善！換另外一種方式說，就是：我很不禮貌。因為從前那種內涵的友誼已經蕩然無存，現在，友誼轉化為一種互相尊重的契約關係，簡單的說，就是彼此以禮相待的契約關係。那麼，要求朋友去做一件會讓他為難、或是讓他不舒服的事，就是不禮貌。」

「沒錯，就是這樣。不過，你說這些話的時候，必須不帶酸氣才行。不能有諷刺的意味。」

「我說這些話沒有諷刺的意味。事情真的是這樣。」

「要是你遭到別人厭棄，遭到別人的指控，被人家丟去餵禿鷹，你會發現那些認識你的人會呈現兩種反應：有些人是和獵捕你的人聯手，另外一些人則偷偷裝作他們什麼都不知道、什麼都沒聽說，所以你還會和他們見面、和他們談話。第二種類型的人，很謹慎、很機靈，他們是你的朋友。就是現代所謂的『朋友』。聽著，尚．馬克，這種事我早就看透了。」

17

在電視螢幕上，出現了一個直立的屁股，很美、很性感，用特寫的鏡頭拍攝。一隻手很溫柔地撫摸著這個屁股，去感受這個赤裸、溫馴、舒弛的身體的肌膚。然後，鏡頭拉遠，看到整個身體，躺在一張小床上：有個小嬰兒，他媽媽彎腰看著他。接下來的影像是，她抱起嬰兒，微微張開嘴巴親吻嬰兒柔嫩、潮溼、張得大大的嘴。這個時候，鏡頭又拉近，只攝取原來那個親吻的影像，鏡頭特寫，那個吻突然變成帶著肉慾的愛之吻。

這時候，勒華停止了影片的放映：「我們一直都想知道大多數人的看法。就好像在美國大選期間，那幾位參選的總統候選人也是這樣。我們會用影像為產品創造出一種具有誘惑的氛圍，以吸引大部分買主。在尋找影像表現力的時候，我們往往高估了『性』的重要性。我想要提醒大家。

只有一小部分的人真的滿意他們的性生活。」

勒華暫停了一下，饒有興味地看著和他共事的人在這小小的會議上流露出訝異的神色，這個討論會每個禮拜召開一次，討論活動宣傳、電視廣告，和海報招貼。他們這些當屬下的早就知道，奉承老闆最好的方式不是立刻同意他所說的，而是對他的看法表示詫異。這也就是為什麼這時候有一位模樣雍容華貴的太太（她蒼老的手指上戴著許多枚戒指）敢反駁他，說：「可是民意調查的結果，和你說的完全相反！」

「一定是這樣子嘛，」勒華說：「我親愛的女士，要是有人要問起妳的性生活，妳會跟他說實話嗎？就算問妳問題的人根本不知道妳的名字，或者他只是透過電話訪問妳，根本看不到妳的人，妳還是會騙他。『你喜歡做愛嗎？』『那還用問！』『平常做愛的次數是多少？』『一天六次！』『你喜歡玩一些奇怪的花招嗎？』『愛死了！』可是這些啊，都是騙人的。性，用商業的眼光來看，是一種雙面刃，因為要是大家都對性很飢渴的話，大家也都會把它當作是不快樂、挫敗、渴望、心理糾結、痛苦的起因。」

他又讓大家看同一段影片；香黛兒看著溼潤的嘴唇碰觸另一片溼潤嘴唇的特寫鏡頭，她突然意識到（這是她第一次這麼清楚地意識到），尚・馬克和她從來沒有像這樣子親吻。她自己都覺得好吃驚：真的嗎？他們從來沒有這樣子親吻過？

不對，他們有。那是當他們彼此還不知道對方名字的時候。在山上旅館的大廳裡，他們置身在一群喝酒、談天的人之間，聊著一些很普通的事，可是他們從彼此的聲調裡聽得出來他們都很渴望對方，他們退到一條僻靜的走道上，一句話不說的，兩人就接起吻來。她張開嘴巴，把她的舌頭伸進尚・馬克的嘴裡，準備去舔她在那裡面所有碰觸得到的部位。他們在舌頭上所表現的激情，並不是出於肉慾的需要，而是急著想讓對方知道，他們已經準備好要相愛，立刻，他們就全然地、狂野地，不浪費一點時間地愛起來。

他們的口水，和肉慾、歡愉一點關係都沒有，它代表的只是一種訊息。他們沒有勇氣大聲地直接告訴對方：「我想和你做愛，現在就要，等不及了」，所以他們讓口水來表達。這也就是為什麼當他們纏結在愛中的時候（緊接在他們第一個吻之後的幾個小時），他們的嘴，很可能（她已經想不起來了，可是過了一段時間之後，她幾乎可以確定）就不再對對方的嘴感興趣，彼此不再碰觸，不再互相舔來舔去，甚至沒有意識到他們彼此已經很不堪地冷漠以待。

勒華又停止放映影片：「關鍵在於要能夠維持性的吸引力，但不會加深觀眾壓抑、慾求不滿的感受。就這個觀點來看，我們才會對這個影片感興趣：肉慾的想像被挑逗起來，可是立刻又被轉化為母愛的表現。因為親密的肉體接觸，沒有隱藏什麼個人的秘密、口水的交融，這不是成人的情色所獨有的，這也存在於嬰兒與母親之間，母子之間的這種關係，是所有肉體歡愉最原初的天堂圖像。喔，對啦，我們還拍了待產媽媽肚子裡的胎兒成長過程。胎兒擺的姿勢像特技一樣，那種姿勢是我們根本沒辦法模仿的，他會在口裡含著他自己小小的性器官，讓自己興奮。知道了吧，性慾不是年輕、健壯的人所獨有的，不是這種會引起別人酸葡萄心理的人所獨有的。胎兒含著自己的性器官會使世界上所有的老祖母深受感動，甚至連那些老古板的祖母都很難不受感動。因為嬰兒是絕大多數的人心目中最強而有力、涵括最廣、最確定的公約數。而且一個嬰兒，我親愛的朋友，不只是一個嬰兒，他更是一個居首位的嬰兒，是個在一切之上的嬰兒！」

他讓大家再看一遍同一段影片，香黛兒看到兩張溼潤的嘴碰觸在一起，還是一樣感覺微微的厭惡。她想起有人跟她說過，在中國和日本的色情文化裡，沒有張開嘴巴親吻這樣的傳統。口水的交換不是色慾裡必不可少的要素，而是某種隨興、某種偏離、西方社會裡特有的某種骯髒污穢。

影片結束了以後，勒華做了個總結：「媽媽的口水，嗯，好比是一種黏膠，把我們的品牌『魯巴契夫』想要吸引的主要顧客群凝聚了起來。」而香黛兒則修正她從前那個意象：不是玫瑰花香味，不是那種非物質性的、詩意的、遍及所有男人的玫瑰花香味，而是物質性的、沒有半點詩意的、還帶有許許多多細菌的口水，從情婦的嘴裡傳到情婦的情人嘴裡，從情婦的情人嘴裡再傳到他妻子的嘴裡，從他妻子再傳給嬰兒，從嬰兒再傳給在餐廳工作的阿姨，從阿姨吐了一口口水的湯裡再傳給喝了這道湯的餐廳顧客，從顧客再傳給他妻子，從他妻子再傳給妻子的情人，再傳給其他人，再傳給其他的嘴巴，以致於最後我們每個人都沉浸在眾多口水混合之海中，使我們都同屬於一個口水的國度，同屬於一個潮溼、聯合為一的人間世界。

18

這天晚上，在嘈雜的摩托車聲和喇叭聲的噪音中，香黛兒疲憊地回到家。她急著想讓耳根子清靜下來，但是一打開公寓大樓的門，就聽見工人的呼喊和鐵鎚重擊的聲音。是電梯故障了。爬樓梯的時候，她覺得全身燥熱，整個人很不舒服，鐵鎚敲打的聲音在樓梯間迴響著，好像為這股燥熱伴奏的咚咚咚鼓聲，使燥熱更加熱烘烘、更加充塞四方、更加把它推到高峰。她汗水淋漓的在公寓門口停了一下，讓自己喘口氣，免得尚・馬克看到她這副紅通通的模樣。

「火葬場的火把它的名片給了我。」她對自己這麼說。這個句子，不是她造出來的；它就這樣浮現在她腦海，她也不知道是怎麼來的。站在門口，在嘈雜的聲響中，她自己又把這句話重複說了好多次。這個句子她不喜歡，它刻意要表現的那種陰森森的感覺，她覺得格調不高，可是她擺脫不了這個句子。

終於，鐵鎚沒有繼續敲打，燥熱也開始消退了，她走進屋裡去。尚・馬克過來抱抱她，可是，當他要跟她說話的時候，鐵鎚敲打的聲音又響了起來，雖然聲音已經減弱了一些。她覺得好像有人一直在追捕她一樣，她連躲都沒地方躲。她全身冒汗，突然沒頭沒尾地迸出一句話：「火葬場的火，是不讓我們的身體任人支配的唯一解決辦法。」

她注意到尚・馬克流露出訝異的眼神，才覺得她剛剛說的那句話很怪異；很快地，她跟他聊起了今天在辦公室看的那部影片，以及勒華說的那番話，還特別提起了在媽媽肚子裡拍攝胎兒的那一段影片。說那個嬰兒用一種表演特技的姿勢，做一些成人不可能做得到的自慰的動作。

「一個嬰兒有性生活，你能想像嗎！他還沒有任何意識，沒有任何個人特性、沒有任何知覺，他卻已經有了性衝動，而且說不定，還能有高潮。我們性的意識先於我們的自我意識。我們的自我還不存在，我們的色慾就已經在那裡了。而你能想像嗎？這種想法竟然讓我所有的同事都深受感動！看著一個會自慰的嬰兒，他們眼眶裡竟然有淚水！」

「那妳呢？」

「喔，我覺得好倒胃口。唉，尚・馬克，好倒胃口哦。」

她突然莫名其妙地覺得心裡被觸動了一下，緊緊抱住了他，靠在他身上，就這樣子抱著，幾秒鐘不動。

她接著說：「你知道嗎，甚至在你自己媽媽的肚子裡，人家所謂神聖不可侵犯的地方，也躲不了別人的目光。你會被人家拍攝下來、被人家偵察、被人家看見你的自慰。你一個小小的嬰兒可憐的自慰。你活在這個世界上躲不開別人的目光，這大家都清楚，可是甚至在你出生之前也躲不過，就像你死了以後也是沒辦法躲一樣。我記得我以前在報紙上看過一則報導：有人懷疑某個自稱是俄國貴族後裔的人是冒名頂替的，所以在這個人死後，為了摘去他貴族的封號，就從墓穴裡挖出一具農婦屍體，來證實這農婦可能才是那個人的媽媽。她的遺骸被拿來解剖、她的基因被拿去檢驗。我倒是很想知道，有哪一條高尚的法律條文，賦予他們權力，去挖那位可憐老婦人的墳！搜遍她赤裸的身體，完完全全赤裸的身體，完完全全赤身露骨的死人骨架！啊，尚．馬克，我覺得好反感、反感透頂。還有，你知道海頓的頭的那件事嗎？有人從他溫溫的屍體上把頭砍下來，好讓一個有點神經病的學者剖開他的大腦，看看這位音樂家的天賦到底藏在大腦的哪個部位。還有，你知道愛因斯坦的那件事吧？他很周到的擬了一份遺囑，表明他死後要火化。後人遵照了他遺囑交代的，可是他最喜歡的那位對他最忠誠的學生，卻堅持他一定活在老師的目光下。在火化之前，他從屍體上取出了眼睛，把它裝在酒精缽裡，讓這雙眼睛一直看著他，一直到他去世。就是因為這樣，所以我剛剛才會說，只有火葬場的火能讓我們的身體逃過這些事情。這才是唯一徹底的死亡。尚．馬克，我想要一個徹底的死亡。」

不一會兒，鐵鎚的聲音又迴響在大樓裡。

「只有火化，我才能確定我永遠不會再聽見這個聲音。」

「香黛兒，妳是怎麼了？」

她看著他，然後轉過身子，背對著他，又覺得心裡被觸動了一下。

不過這一次被觸動，不是因為她剛剛說的話，而是因為尚·馬克的聲調，那種非常關心她的沉重聲調。

19

第二天，她到墓園去（她每個月至少到墓園一次），到她兒子的墳前坐一坐。她來這裡，都會和他說說話，這天，她覺得自己好像需要解釋、需要辯白，她對他說，我親愛的、我親愛的，不要以為我不愛你，或是我沒有愛過你，就是因為我愛你，所以要是你還活著，我就不會變成現在這個樣子。一個有孩子的人是不會不屑這個世界，因為是我們把孩子帶來這個世界。為了孩子的緣故，我們關心這個世界，思索它的未來，心甘情願的參與這個世界的噪音、騷動，嚴肅對待它已經無可救藥的荒唐愚昧。而你的死，使我失去了和你相處的快樂，可是，你的死卻同時也把自由還給了我。讓我在面對這個我不愛的世界時，有自己的自由。如果說，我會讓我自己不愛這個世界，是因為你已經不在這個世界上了。我陰沉的思想不會帶給你任何不好的咒詛。我現在可以告訴你，在你離開了我這麼多年以後，我了解到，你的死對我來說就像是一份禮物，我最後還是接受了這份禮物，這份可怕的禮物。

20

第二天早晨，她又在信箱裡發現一個信封，同樣是那陌生的筆跡。信裡的內容不像之前寫的那麼簡單輕便。她覺得像是長篇的口供筆錄一樣。

「上個禮拜六，」這個人寫著：「九點二十五分，妳比平常早一點出門。通常，我都會跟蹤妳去搭公車，可是這一次妳卻走相反的方向。妳提著一只皮箱，走進一家洗染店。老闆娘應該認識妳，可能她還滿喜歡妳的。我在馬路上的另一頭觀察她：她本來好像剛睡醒的臉，一下子突然變得有光彩，大概是妳跟她說了什麼好笑的話，我聽見她的笑聲，被妳逗得發笑，我想我能看見她的笑裡反映著妳的臉。然後，妳離開了，皮箱裡裝得滿滿。裝的是妳的套頭毛衣、是桌巾，還是日用衣物呢？反正，妳的皮箱給我的印象是，有某種人為的東西加在妳的生活裡。」

他還寫到了她的洋裝，和她脖子上的珍珠項鍊。「這串珍珠項鍊，我以前沒看過。很漂亮，這種紅顏色把妳襯托得特別好看，整個人明亮了起來。」

這封信還簽了名：C. D. B.。這讓她很詫異。第一封信沒有簽名，她總覺得這樣寫匿名信的態度可以說比較誠懇一點。一個陌生人向她致意，然後，立刻隱退。可是，一個簽名，儘管只是姓名的縮寫，卻表明了他有意要人家認得他，慢慢的、一步一步的，可是一定避免不了。C. D. B.，她笑著念了幾個名字：希里勒-狄狄耶．布爾吉巴（Cyrille-Didier Bourguiba）、查爾斯-大衛．紅鬍子（Charles-David Barberousse）。

她想著信裡寫的內容：這個人應該是跟蹤著她在街上走：「我像個偵探一樣的跟蹤妳」，他在第一封信裡這麼寫；所以她應該看過他。可是她一向不太注意周遭的人，那一天她就更不會去注意了，因為尚．馬克跟她在一起。再說，那天是尚．馬克逗洗染店的老闆娘笑，而不是她，而且也是他提的皮箱。她又讀了一遍信裡寫的：「妳的皮箱給我的印象是，有某種人為的東西加在妳的生活裡」。提皮箱的並不是香黛兒，那皮箱怎麼會「加在她的生活裡」？這個「加在她生活裡」的東西，應該是尚．馬克才對吧？寫這封信給她的人是想用一種迂迴的方法來攻擊她所愛的人嗎？然後，她以開玩笑的態度想像著她的反應很有喜劇效果：她還能夠藉著一個想像的情人來護衛尚．馬克。

就像她第一次收到信的時候，她不知道該拿這封信怎麼辦，猶猶豫豫的腳步老是重複著同樣這幾個程序：她望著廁所裡的沖水馬桶，準備把信丟到裡面去；她把信封撕成碎片，她要沖水把信封碎片沖走；然後她把信紙摺好，把它拿回房間，放在她的胸罩下面。她彎腰在內衣衣櫃前的時候，她聽見了開門的聲音。她很快的關上櫃子，轉過身來：尚．馬克站在門口。

他慢慢的走向她，他看她的樣子好像從來沒見過她一樣，眼神專注得可怕，當他靠她很近的時候，抓住了她兩邊的手肘，讓她和他的身體保持三十公分的距離，而且他還是一直注視著她。她被搞迷糊了，也沒有想到要說什麼。當她莫名其妙得快受不了的時候，他把她抱在懷裡，笑著說：「我想看看妳的眼皮上下眨動的樣子，好像雨刷刷洗擋風玻璃。」

21

從他上一次和F.見過面以後，他就在想：眼睛：靈魂之窗；臉上美的焦點；個人的身分都集結表現在這一點；可是它同時也是一個視覺儀器，應該不斷的清洗它、溼潤它，以含有鹽分的特別液體來保養它。眼神，一個人最神奇奧妙的所在，卻被眨眼睛這種規律性的、機械性的刷洗動作所打斷。就好像用雨刷刷洗擋風玻璃一樣。目前，雨刷刷動的速度，能調整成每隔十秒鐘刷動一次，這種速度很接近我們眨眼皮的節奏。

尚．馬克看著和他說話的人的眼睛，觀察眼皮的眨動；他發現這並不容易。通常我們不習慣特別去注意眼皮。他心裡想：我最常看到的就是別人的眼睛，還有他的眼皮，和眨眼皮的動作。然而，我卻不會記得這個眨眼皮的動作。我從和我面對面的那雙眼睛裡刪除了這個動作。

他心裡還在想：上帝在祂的工作室裡摸摸弄弄的做點小零活，在無意間，祂做出來我們這個身體模型，它必須在一段很短的時間裡變成靈魂。但是這樣的命運多悲慘啊，是隨隨便便造出來的一個身體模型的靈魂，這個身體模型要是沒有每十秒、二十秒刷洗一下眼睛的話，眼睛還沒辦法執行它觀看的功能呢！怎麼能夠相信和我們面對面的人是個自由、獨立的個體，是自我的主宰呢？怎麼能夠相信他的身體會忠實的表現在它裡面的那個靈魂呢？為了相信它真的能做到，我們就必須忘記眼皮永遠不斷的在眨動著。必須忘記我們是在一個隨便做點小零活的工作室裡造出來的。我們必須恪遵那份遺忘的契約。那份契約是上帝強迫我們一定要接受的。

可是在尚・馬克的兒童時期和青少年時期，確實有一段短時期，他還沒有知覺到「遺忘」這份契約的存在，而且在那個時候，他看著眼皮在眼睛上刷動總覺得很不可思議：他發現眼睛不是一扇窗，不是我們可以看見一個獨特、神奇靈魂的窗子，而是一個草率造出來的裝置，在遠古時代就有人啟動它使用。對他來說，青少年時期這個靈光乍現的洞見是個衝擊。「你停下了腳步，」F.對他說：「直盯著我看，然後口氣很堅定的對我說：『我連看她們眨眼睛都受不了……』」他想不起來這件事。這個衝擊注定會遺忘。而且，事實上，要不是F.跟他提起，這件事他可能永遠不記得。

他沉浸在自己的思緒裡，回到家，打開香黛兒房間的門。她正在衣櫃前整理裡面的東西，尚・馬克這時候好想看看她的眼皮在眼睛上眨動的樣子，她的眼睛對他是一扇無法用言語形容的靈魂窗口。他朝著她走過去，抓著她的手肘，注視著她的眼睛；的確，眼睛不斷的眨了眨，甚至還眨得滿快的，好像她知道她正在被檢查。

他看著眼皮闔上又睜開，很快，太快了，他想找回他自己原有的那種感受，那種十六歲的尚・馬克所感受到的，認為眼睛的機械性動作是非常的讓人失望。可是，現在她眼皮異常快速的眨動，和它突然不規則的跳動，比較會讓他心軟，而不是讓他失望：他在香黛兒像是雨刷一樣的眼皮裡，看見了她靈魂的翅膀，顫抖著的、驚惶不定的、掙扎著的翅膀。情緒像一道閃電似的突如其來，他把香黛兒緊緊攬在懷裡。

然後，他鬆開她，看著她迷惑、受驚的臉。他對她說：「我想看看妳的眼皮像雨刷刷洗擋風玻璃一樣的刷動眼球。」

「我不懂你在說什麼。」她說，驟然鬆了一口氣。

他跟她說起，他已經不愛了的那位朋友提到的那件他已經遺忘了的往事。

22

「當F.告訴我，我在中學時的一些想法，我感覺好像是聽見了一件非常荒謬的事。」

「才不會呢，」香黛兒對他說：「就我所認識，你是很可能說這種話。那完全符合你的個性。你還記得你讀醫學院的時候吧！」

永遠不要低估一個人選擇他的職業時的那個神奇時刻。尚．馬克很清楚人生苦短，一旦做了選擇就無法再改變，他心裡很焦慮，因為他發現沒有哪一項職業立刻激發出他的興趣。他心裡帶著很大的問號，把幾種可能的職業都列出來，一項一項的來考慮：當檢察官，一生都用來迫害別人；當老師，當個沒家教的孩子的受氣包；學科技、工程，進步只會帶來一丁點的益處，卻會隨之帶來極大的害處；空洞、鑽牛角尖的人文科學太過喋喋不休；室內設計（這個職業會吸引他，是因為懷念他從前做木工的祖父）完全受到流行的擺布，而他痛恨流行；可憐的藥劑師，這個職業被低貶為賣藥盒和藥瓶的人。

當他問自己：我要選擇什麼做為我的終生職業？他內在的聲音垂落在最困惑的沉默裡。要是，到最後，他決定了選擇讀醫學院，並不是跟隨著自己內心裡的偏好，而是根據利他的理想主義所做的抉擇：他認為醫學是對人們最有益的唯一一種職業，而且它技術上的進步所帶來的負面影響是最小的。

很快的，當他讀到了第二年，必須耗時間在解剖實驗室裡的時候，他就開始對醫學失望：有一件事讓他自己很受打擊，他卻一直沒辦法克服：他無法正面看著死人；不久之後，他坦承事實比這個更糟糕：他沒辦法正面看著屍體：因為我們的肉體命中注定就是不完美，它的不完美不需要由它自己負責任；會在時間裡逐漸腐爛的生物現象，支配了它的生命進程；它的血液、它的內臟，還有它的痛苦。

他跟F.說他覺得眨眼皮的動作很噁心，那時候他應該是十六歲。當他決定讀醫學院的時候，應該是十九歲；在這個年紀，他已經簽了那份遺忘契約，已經不記得三年前他跟F.說過的話。對他來說，這很可惜。這個回憶在那個時候應該會有警示的作用。它應該可以讓他明白，他選讀醫學院純粹是出於一種理論性的考量，是對自我一點也不了解就做成的決定。

所以他這樣讀了三年的醫學院，就因為覺得非常受挫而放棄。在喪失了這幾年之後，他還會選擇其他的什麼職業呢？要是他的內在的聲音還是和以前一樣沉默，他還有什麼可以緊緊抓住的呢？他最後一次從醫學院外面寬闊的台階走下來，覺得自己好像孤身一人站在月台上，而所有的火車都已經開走了。

23

為了查明寫信給她的人是誰，香黛兒偷偷的，但是很用心的觀察她的周遭。在他們那條街的街角，有一家小酒館：那裡是偵探別人最理想的處所；從那裡，可以看見她家大樓的入口、她每天都會經過的兩條路，以及她搭公車的站牌。她進去酒館裡，坐著，點了一杯咖啡，仔細端詳店裡所有的客人。櫃台那邊，她看見一位年輕人在她進來的時候把目光挪開了。那是位常客，她認得他的長相。她甚至還記得，以前，他們有很多次目光接觸，可是後來，他一副好像沒見過她的樣子。

有一天，她把這個人指給她的鄰居看。「喔，那是杜巴侯先生！」

「他是姓杜巴侯（Dubarreau），還是姓杜．巴侯（du Barreau）？」

這位鄰居不知道。

「那他的名字呢，妳知道嗎？」不，她不知道他的名字。

杜·巴侯，倒是滿貼切的。如果真的是這樣的話，她的仰慕者就不會叫做查爾斯-狄狄耶（Charles-Didier），或是克理斯多弗-大衛（Christophe-David），D代表的是貴族的稱號介詞，而且杜·巴侯的名字應該只有一個字：希里勒·杜·巴侯（Cyrille du Barreau）。或者可能是更棒的：查爾斯（Charles）。她想像著來自鄉下的一戶破落貴族家庭。這個家族最可笑的驕傲，就是他們帶著貴族稱號介詞的姓氏。她想像著，查爾斯·杜·巴侯站在櫃台前，裝出一副冷漠的樣子，而她心裡想，這個貴族稱號的介詞加在他身上倒是滿貼切的，它完全符合他那副對什麼都很厭煩的態度。

不久，她和尚·馬克走在路上，杜·巴侯迎面走過來。她脖子上戴著紅色的珍珠項鍊。這是尚·馬克送她的禮物，可是，她覺得這條項鍊太耀眼了，所以她出門很少戴。她突然想到，她那天會戴著它，是因為杜·

巴侯覺得這條項鍊很好看。他大概會以為（不過，他會這麼想還滿有道理的！）她是因為他，而且是為了他，才戴那條項鍊的。他只匆匆瞥了她一眼，她也瞥了他一眼，而她一想到珍珠項鍊，臉就紅了。她一直紅到了胸口，而且她相信他大概都看在眼裡。等他們擦肩而過，他已經離他們很遠了以後，反而是尚．馬克驚訝的問：「妳臉都紅了！怎麼啦？怎麼回事啊？」

她自己也很訝異；她為什麼會臉紅？太過注意這位先生讓她自己也覺得不好意思？可是，她會這麼注意這位先生，其實只是出於沒什麼大不了的好奇心！我的天啊，為什麼最近她怎麼常常動不動就臉紅，像個青澀的少女？

事實上，在青少女時期，她很容易臉紅；那時候她在生理上正開始要轉變為女人，她的身體逐漸變得飽滿豐潤，而這讓她覺得很丟臉。成人以後，她就忘了她會臉紅。接著，身體的燥熱宣告了這個成熟過程的結束，而且她的身體重新又讓她覺得羞愧。她的羞恥心一覺醒，她又會臉紅。

24

信一封一封地來，她越來越沒辦法把這些信不當一回事。這些信寫得很聰敏、很得體，不會讓人覺得無聊，也不會糾纏不休。寫信給她的這個人不想怎麼樣，沒有什麼要求，也沒有堅持一定要怎麼樣。他很聰明地（或者說很狡猾地）把他自己的個性、他的個人生活、他的情感、慾望都藏在暗處。他是個密探；他只寫她的事情。這些信不是誘惑的信，而是讚賞的信。如果說這其中還是帶有誘惑的性質，那大概是他的遠程目標。

然而，她最近收到的這封信卻顯得很鹵莽：「三天來，我不見妳的影蹤。當我再次看到妳的時候，我不禁要讚歎妳那輕快、非常渴望往上竄升的舉止。妳好像是一把火，為了存在，必須要舞動、高升。手腳比以往更加修長，妳行走的時候身旁環繞著一團火焰，快樂的火焰、狂歡的火焰、陶醉的火焰、野性的火焰。當我想起妳的時候，我就把一件覆滿火焰的袍子拋向妳赤裸的身體。我以樞機主教胭脂紅的袍子覆在妳雪白的身體上。然後，就以這樣的裝束，我要把妳帶到一間紅色的房間裡，把妳放在紅色的床上。我的紅衣樞機女主教，最華麗輝煌的樞機女主教！」

過了幾天以後，她買了一件紅色的睡衣。她在家裡，穿著它照鏡子。她從各個角度打量自己，慢慢撩起睡衣的衣角，她覺得自己的手腳從來沒有這麼修長，皮膚從來沒有這麼白皙。

尚・馬克回來了。他很訝異，看她穿著一件剪裁非常好的紅色睡衣，腳步妖俏、嫵媚地，向著他走過來，一會兒纏黏著他，一會兒甩開他，一會兒故意讓他靠近她，又趁機迅速躲開他。他讓自己被這個遊戲所誘惑，在公寓裡到處追著她跑。突然，遠古時代那種男人追捕女人的情況重現在眼前，這使得他深深著迷。而她繞著圓形的大桌子跑，自己也陶醉在這樣一個影像中：一個女人在一個想要她的男人前面被追著跑，然後，她逃到了床上去，把她的睡衣直撩到了脖子上。他喜歡這天她有這種出乎意料之外的新的力量展現，可是突然，她卻覺得有個人在這兒，在房間裡，這個人發狂似地非常專心地觀察他們，她看見了他的臉，是查爾斯．杜．巴侯那張臉，那張勉強她穿上紅色睡衣、勉強她做愛的臉，她想像著他的樣子，高聲發出歡愉的嬌喘。

現在，他們靠在彼此的身邊喘息，那個窺探者的影像讓她激揚了起來；她在尚．馬克的耳邊呢呢喃喃地說了一些話，說她赤裸的身體上覆著一件胭脂紅的袍子，好像一個華麗輝煌的紅衣樞機女主教走過教堂前摩肩接踵的群眾。聽了她這些話，他又抓住她，在她不停敘述著充滿奇想的一波波潮水上乘風破浪，再一次和她做愛。

接著，一切都平靜下來；眼前只剩下她那件被踢到床角的紅色睡衣，被他們的身體蹂躪得皺巴巴。在她半閉的眼睛裡，看見前面這紅色的一團，轉變為玫瑰花壇，而且，她還聞到了幾乎被遺忘的微弱香味，想要擁抱所有男人的那股玫瑰花香味。

25

第二天，禮拜六的早晨，她打開窗，看見天空藍得讓人讚歎。她覺得很快樂，卻突然沒頭沒腦地對正要出門的尚・馬克說：

「真不知道我那可憐的不列『癲』人最近怎麼樣了？」

「怎麼啦？」

「他還是那麼色嗎？他還活著嗎？」

「妳怎麼會想到他？」

「我不知道，就是突然想到。」

尚・馬克走了，她一個人留在家裡。她去浴室，然後走到衣櫃那裡，很想把自己打扮得漂漂亮亮。她看著衣櫃裡的隔板，有樣東西吸引了她的注意力。在一疊內衣的最上面，她的披肩摺得好好的放在那裡，可是她明明記得她之前是漫不經心地把它塞在裡面。有人幫她把東西收拾得整齊？清潔婦一個禮拜才來一次，而且她從來不去碰她的衣櫃。她很驚訝自己的觀察力這麼敏銳，心裡想，這應該是她以前假期住在鄉下的大宅院時學來的。住在鄉下大宅院的時候，她常常強烈地感覺到有人在窺探她，所以她學會了牢牢記住她是怎麼放置自己東西的，要是有陌生的手略略翻動過她的東西，她就會知道。她很慶幸這些往事都過去了，她照照鏡子看了一下自己，覺得很滿意，就出門去了。

到了樓下，她打開信箱，看見又有一封信等在那裡。她把信放進皮包，心裡想，待會兒要在哪裡看這封信。她來到了一個小公園，坐在一棵樹蔭開廣的菩提樹下，秋天的菩提樹樹葉泛黃，被太陽照得像火焰一樣明亮。

「……妳的高跟鞋踩在路邊的人行過道上喀喀作響，使我想起了我從來沒有親自走踏過的街道——那些像樹木一樣枝葉分岔的街道。妳喚醒了我少年時期一個縈繞不去的想法：我想像，在我面前的未來人生就像一棵樹。我把這棵樹叫做可能之樹。我們只在某一段很短的時期，會以這樣的態度看待人生。然後，人生變成一條直直的路，而且一旦變成這樣，就永遠定型，就像進到一條隧道裡，再也無法脫離。然而，樹的那個古老影像，會像永遠無法忘懷的鄉愁一樣，存留在我們身上。妳使我想起了這棵樹，而現在我要反過頭來，把樹的影像傳遞給妳，讓妳也聽見它呢喃、迷人的聲音。」

她抬起頭。在她上面，是菩提樹廣延伸展的枝幹，在金色的樹棚裡妝點著一隻隻小鳥。好像信裡提到的樹就是這一棵一樣。在她內心深處，樹的意象和她古老的玫瑰花的意象混淆了起來。她必須先回家一趟。作勢和菩提樹道別了以後，她還抬起眼睛看看樹，然後才離開。

說真的，她青少年時期的玫瑰花意象，並沒有為她帶來許多冒險，甚至也沒有引發任何具體的事件——除了有位英國人留給她一個有點可笑的回憶之外，那位英國人年紀比她大很多，十幾年前他曾經到過她上班的地方拜訪，花了半個小時的時間來奉承她。後來，她才聽說他是個浪蕩子，是個有名的大色狼。見過那次面以後，再來並沒有下文，這件事只成了她和尚．馬克開玩笑的題材（他不列「癲」人的外號是尚．馬克取的），而且這件事也只讓她後來會特別留意某些字眼——例如，「浪蕩」這個字，以及「英國」這個字——這些字眼是她以前視若無睹的；有別於其他人對這英國這個字的認知，對她來說，這是個代表了歡愉與罪惡的國度。

在回家的路上，她一直聽見菩提樹上小鳥吱吱喳喳的叫聲，而且看見了那位浪蕩的老英國人；她在這輕霧迷濛的想像畫面裡，步履悠閒地走著，走到了她住的那條街附近；就在那裡，在她前面五十公尺的地方，那家小酒館的桌子都搬到了路邊的人行道上，寫信給她的那位年輕人就一個人坐在那裡，面前擱著一杯紅酒，他沒帶書、沒帶報紙，也沒在幹嘛，他的眼睛望著虛空，臉上帶著一種快樂而慵懶的表情，這表情正和香黛兒的表情相呼應。

她的心開始怦怦跳。這一切安排得真是巧妙！他怎麼知道他會在她剛剛讀完信以後遇到她呢？她的心裡騷動，就好像她赤裸著身體披著紅色的袍子走在路上，她越來越接近他了，接近刺探她私密生活的窺伺者。她離他只有幾步的距離，她等著他會在哪一刻突然開口對她說話。她該怎麼反應呢？她根本不想和他碰到這次面的！可是她不能像個受到驚嚇的少女一樣跑著躲開。她減慢了腳步，試著不去看他（我的天哪，她的舉止真像個少女，而這是不是意味著，她真的老了？），可是，很奇怪，他一副滿不在乎的冷漠態度，坐在盛著紅酒的酒杯前，眼睛望著虛空，似乎沒看到她。

她已經離他很遠了，繼續往回家裡的路上走。杜．巴侯是不敢吧？或者是他把持住了自己？喔，不，不是。香黛兒確信他那種滿不在乎的樣子完全不是裝出來的：是她弄錯了；她錯得一塌糊塗。

26

晚上，她和尚．馬克去一家餐廳吃飯。隔壁桌，有一對情侶一直很沉默，彼此不交談。在別人的面前還能這樣保持沉默，不是件容易的事。他們這兩個人，眼睛要往哪裡看才好呢？要是他們互相注視著對方的眼睛，卻一句話都不說，那不是很滑稽。要盯著天花板看嗎？這又好像是在展示他們的啞然無言。要觀察隔壁桌的人嗎？搞不好他們會接觸到別人拿他們的沉默當笑話的目光，而這樣更糟糕。

尚．馬克對香黛兒說：「妳看，他們並不是討厭對方。他們也不是已經變得冷漠，不再相愛。妳不能用兩個人講了多少話來衡量他們之間感情的深淺。這事情很單純，他們只是一時腦袋空空。而且，說不定他們只是因為沒話可說，就很自然地不說話。這和我住在佩希高爾的姑姑一樣。每次我見到她，她就會說個沒完沒了，大氣也不喘一下。我試著去解析她這種滔滔不絕的說話方式。她把她所看到的、她所做的每件事都用話再講一遍。講她早上就起床了，講她早餐只喝不加糖不加奶精的黑咖啡，講她丈夫，然後就去散步，妳想想看，尚・馬克，他一回家就看電視，妳想想看！他不斷地轉換電視頻道，然後電視看煩了，就去翻翻書。他就這樣——這是她的句子——把時間耗掉了……妳知道嗎，香黛兒，我很喜歡這些簡單、平常的句子，就像在述說一件奧秘。『他就這樣把時間耗掉了』是個很基本的句子。他們的問題是時間，把時間耗掉，讓時間自己消失，他們不想費半點力氣，不想像精疲力竭的徒步健行者那樣，橫越時間的路程，所以，她會一直說話的原因就是，她像連珠炮一樣迸出來的話，會悄悄地使時間挪動，而一當她閉上嘴巴，時間就停滯不動，成了某種陰暗、巨大、沉重的東西，而這會讓我可憐的姑姑害怕，她一驚慌，又會很快地捉住一個人，去跟他說她女兒擔心她那個拉肚子的小孩，是啊，尚・馬克，拉肚子，拉肚子，她已經去看過一個醫生，那個醫生妳不認識，他住在離我們家不遠的地方，我們認識那個醫生很多年了，我生病也是他看的，這個醫生，我得了流行性感冒的那個冬天，妳還記得嗎，尚．馬克，我發燒燒得好厲害……」

香黛兒面帶微笑，尚．馬克跟她說起了另一件往事：「我剛滿十四歲那年，我祖父——不是做木工的那一個，是另外一個——即將不久於人世。在他在世的最後幾天，他的嘴巴發出一個完全不懂意思的聲音，那聲音甚至不像呻吟，因為他不會痛，也不像他發不出來某個字音，都不是，他並沒有喪失語言能力，很單純的，就是他沒有什麼話要說，沒有什麼要和人溝通，沒有任何具體的訊息，他甚至也沒有要跟誰說話，他對別人都已經不感興趣，他就是自己一個人伴隨著他所發出來的聲音，單獨的一個聲音，一個勁兒啊啊啊啊啊的，只有在他需要呼吸的時候聲音才會間斷。我看著他，像被催眠了一樣，我永遠忘不了這件事，因為我那時候還小，我以為我懂這其中的意義：這樣的一種存在方式就會對應於這樣的一種時間；而且我認為這種對應就叫做無聊。我的祖父用這種聲音、這種不斷啊啊啊啊啊的聲音來表達他的無聊，因為要是沒有這些啊啊啊啊啊，時間會壓垮他，而我的祖父只能揮舞著這項武器、這種沒完沒了的啊啊啊啊啊，來和時間對抗。」

「妳的意思是說，他快要死了，他覺得無聊乏味。」

「我就是這個的意思。」

他們談到了死亡，談到了無聊，他們喝著波爾多葡萄酒，他們笑，他們玩鬧，他們很快樂。

然後尚．馬克又回到他的思緒裡：「我要說的是，無聊的數量——如果無聊可以數得出來的話——現在的無聊一定要比從前的無聊多得多。因為，從前人們的工作，至少對大部分行業來說，根本無法想像不把熱情灌注在他們的工作上：農夫愛他們的土地；就像我的祖父，他是個製造美麗桌子的魔術師；而鞋匠，他熟悉所有村人的腳；森林管理員；園丁；我想，甚至連軍人都帶著熱情殺人。對他們來說，沒有所謂生活的意義這樣的問題存在，很自然的，他們和他們自己，全人地在作坊裡工作、在田裡下田。每個職業都創造出它特有的精神面貌、它特有的生存方式。一個醫生所思考的和農夫思考的不同，一位軍人的舉止也和老師的舉止不同。今天，大家都變得很相像，同樣都有對工作冷漠的通病。這種冷漠變成了我們所迷戀的。這是我們在這個時代，唯一的集體迷戀。」

香黛兒說：「可是，你說說看，你自己，你在當滑雪教練的時候，你在雜誌上寫一些室內設計的稿子的時候，或者是後來念醫學的時候，甚至當你在木匠作坊裡畫設計稿的時候……」

「……嗯，這是我最喜歡的工作，可是行不通……」

「……或者是，當你失業沒事可做的時候，你應該也覺得無聊乏味吧你！」

「當我認識妳的時候，一切就改變了。這倒不是因為我的工作變得比較有意思，而是因為我把發生在我周遭的事，拿來當作我們談話的材料。」

「我們談的可能是其他的事！」

「兩個相愛的人，單獨相處，脫離這個世界，這很美。可是他們源源不絕的談話內容要從哪裡來？不管這個世界多麼令人厭惡，情侶們還是需要它，才能夠交談。」

「他們可以不說話。」

「就像旁邊這一桌的這兩個人？」尚・馬克笑著說：「喔，不，愛不可能在緘默中存活。」

27

侍者彎著腰把甜點放在他們的桌上。尚・馬克談到了另外一個主題：「妳知道那個乞丐嗎？有時候會在我們那條街上看到他。」

「不知道。」

「噯，妳知道的，妳一定有看過他。那個人大概四十歲，看起來一副公務員或是中學老師的樣子，他很尷尬地愣在角落，伸著手乞討。妳沒注意過嗎？」

「不知道。」

「噯，妳一定知道的！他都一直站在梧桐樹下，那條路上就只剩下唯一一棵梧桐。妳甚至從窗口就能看到葉叢。」

香黛兒努力回想有什麼梧桐樹，突然，她想起來了：「啊，有，我知道了！」

「我非常想去跟他講話，開始去和他交談，真正地去了解他是個什麼樣的人，可是妳不知道這有多困難。」

香黛兒沒有聽到尚．馬克最後說的那幾句話；她看見了那個乞丐。他總是站在樹下的那個人。一個很靦腆的人，他的安靜畏縮讓人過目難忘。他總是穿得很整潔，所以路過的人幾乎不知道他是在乞討。好幾個月以前，他曾經開口跟她說話，請她施捨一點錢，態度很有禮貌。

尚．馬克繼續說：「這很困難，因為他會防備。他不懂我為什麼要跟他說話。是好奇嗎？他大概會怕這種事。是憐憫嗎？這會讓他覺得丟臉。提供他某些東西嗎？可是我能提供他什麼？我試著站在他的處境，想要了解他期望別人怎麼樣。可是我想像不出來。」

她想像他站在樹底下，突然，像一道閃電閃過似的，這棵樹讓她明白了寫那些信給她的人，是他。是樹的這個意象暴露了他的身分，是他，站在樹下的男人，他和樹的影像緊密相連。一下子，她浮想聯翩：沒有人可以像他這樣，沒有工作，時間隨他自由支配，能偷偷把信放進她的信箱裡；沒有人可以像他這樣，彷彿不存在似的，可以不動聲色地窺探她每天的作息。

尚．馬克又接著說：「我可以去跟他說，請來幫我整理地窖。他可能會拒絕，不過不是因為他懶，而是因為他沒有工作服可穿，他需要保持衣服整潔。然而，我實在很想去跟他說話，因為他是另外一個我！」

香黛兒對尚．馬克所說的心不在焉，她自顧自地說：「不知道他的性生活過得如何？」

「他的性生活，」尚．馬克笑了：「沒有，沒有，完全沒有性生活！想得美咧！」

想得美咧，香黛兒心裡想。難道她只是一個不幸的人的胡思幻想。他怎麼會挑上她，偏偏挑上的就是她呢？

尚・馬克又回到他固執的想法：「有一天我要去跟他說，來和我喝一杯咖啡吧，你是我另一個我。只不過我在無意間躲過了像你那樣的命運。」

「別說這些傻話了，」香黛兒說：「你從來沒有受過那種命運的威脅。」

「我永遠記得我離開醫學院的那個時候，那時候我突然意識到所有的火車都開走了。」

「對，我知道，我知道，」香黛兒說，這個故事她已經聽過很多遍了：「可是你怎麼可以拿你小小的挫折，來和一個男人等著過路行人在他手裡放一塊錢，這種人生真正的不幸相比呢？」

「那種挫折不只是放棄學業的挫折，那時候我所放棄的是雄心壯志。我當下就成了一個沒有雄心壯志的男人。而沒有了雄心壯志，我立刻就置身在世界的邊緣。而且更糟的是：我就想當個邊緣人，一點也不想去找其他安身立命的地方。我想要的很少很少，所以不管再怎麼樣貧窮，都無法動搖我的想法。可是如果妳沒有了雄心壯志，如果妳沒有一定要成功、成名的那股強烈的企圖心，妳就會處在懸崖的邊緣。我在那裡待過，那真的是非常舒服。但是無論如何，我所處的地方畢竟還是懸崖邊緣。所以，我的說法一點也不誇張，我是屬於乞丐那一邊，而不是屬於這間豪華餐廳的老闆這一邊，雖然我在這間餐廳裡度過了愉快的用餐時光。」

香黛兒心裡想：我成了一個乞丐崇拜的性偶像。得到這樣的榮譽真是滑稽。然後她自己修正想法：為什麼乞丐的慾望就不能和生意人的慾望一樣受到同等的尊重？其實，正因為乞丐的人生失去了希望，他們的慾望才格外具有一種極其珍貴的質地：自由而誠摯。

接著，她又起了另一個念頭：那一天，她穿著紅色睡衣，和尚・馬克做愛，這位第三者就在觀察他們，和他們共處一室，而那個人不是小酒館裡的年輕男子，而是這個乞丐！其實，是他把紅色的袍子從她肩膀上丟過去，是他把她變成淫穢的紅衣樞機女主教！在這一刻，這個念頭讓她很難堪，可是她的幽默感很快地襲上了她的心頭，在她的心靈深處，她默默地笑了。她想像這個極度害羞的男人，脖子上結著一條看了讓人心碎的領帶，他的背緊緊貼在他們房間的牆上，伸出手來，神情堅決、色慾流蕩的，看著他們在他眼前戲耍。她想像，他們做完愛以後，她全身光溜溜的，淌著汗，從床上起身，伸手去拿她放在桌上的皮包，找個小零錢，放在他的手裡。她差一點忍不住笑出來。

28

尚・馬克看著香黛兒，看見她臉上突然閃過一種暗自竊喜的神情。他不想問她什麼原因，只是津津有味地端詳她，私自體味其中的樂趣。當她沉陷在那些滑稽可笑的畫面裡的時候，他心裡想，香黛兒是他和這個世界唯一的感情聯繫。要是有人跟他談起囚犯、談起受迫害的人、挨餓的人？他知道可以觸動他的唯一方法就是：他想像是香黛兒坐牢、受迫害、忍飢挨餓。要是有人跟他談起在內戰期間女人被強暴？他所看見的也是香黛兒，被強暴。是她，也只有她，才能救他脫離漠不關心的狀態。唯有透過她，才能激發他的同情心。

他想跟她說這件事，但是把氣氛弄得這麼賺人熱淚會讓他覺得丟臉。更何況還有另外一個念頭嚇著了他，一個完全相反的念頭：要是他失去了她——這個唯一使他和其他人聯繫在一起的人，那會怎麼樣呢？他想到的不是如果她死了，而是某種更微妙、更無法捕捉的事情（後來這個念頭一直縈繞著他不去）：萬一有一天，他認不出她；萬一有一天，他發現香黛兒不是和他一起生活的那個香黛兒，而是他之前在沙灘上認錯了是香黛兒的那個女人；萬一有一天，對他來說本來是確鑿的香黛兒，卻千真萬確的變成了幻象，那麼他也會把她當一般人看待，對她漠不關心。

她拉著他的手，問：「你怎麼了？你又不開心了。這幾天我都覺得你心情不對，你怎麼啦？」

「沒有，沒什麼。」

「一定有。告訴我，是什麼事讓你現在心情不好？」

「我想像妳變成了其他人。」

「怎麼說？」

「我把妳想像成其他的人。我把妳的身分搞混了。」

「我不懂。」

他看見幾個胸罩堆疊在一起。幾個胸罩堆疊在一起，像悲傷的小山丘。滑稽可笑的小山丘。可是在這個幻影的後面，是香黛兒真真實實的臉，她就和他面對面地坐在一起。他感覺到她的手碰觸他的手，剛剛覺得在他面前的是個陌生人、是個叛徒的那種感覺一下子就消散了。他笑了笑，說：「忘了這個吧。我什麼話也沒說。」

29

背緊緊地貼在他們做愛的那個房間的牆上，伸出手來，色迷迷地盯著他們光溜溜的身體看：當他們在餐廳吃飯的時候，她一直想像著這樣的畫面。現在，他的背緊緊地貼在樹幹上，笨拙地對著路人伸出手來。剛開始，她想假裝沒有注意到他，然後，她心裡有個模模糊糊的念頭，想俐落地了結這個錯綜複雜的局面，她故意很刻意地，走到他的前面停下來。他連眼睛都沒有抬起來，嘴裡只重複著他慣用的公式：「我乞求妳幫助我。」

她看著他：他很在意自己的整潔，脖子上結著一條領帶，把他像胡椒鹽一樣花花白白的頭髮全都往後梳。他帥嗎，他醜嗎？他的處境使他超脫於美、醜之外。她很想去跟他說幾句話，可是她不知道要說什麼。他尷尬不自在的樣子使她說不出話來，她打開了皮包，找個小零錢，可是除了幾生丁[4]，她什麼也沒找到。

他直挺挺地杵在那兒，動也不動，一個恐怖的手掌對著她伸過來，他不動如山的樣子使沉默更形沉重。現在開口說：「對不起，我身上沒帶錢」，似乎太慢了點，於是她想給他一張鈔票，但她只找到一張兩百元的紙幣；這種過度大方的施捨不禁讓她臉紅起來：她覺得自己好像在供養一個想像的情人，為了感謝他寫情書給她，而多付給他一些報酬。

當這乞丐感覺到他手中是一張紙幣，而不是一個冰冷的銅板時，他抬起頭來，她看見他的眼睛裡充滿了訝異。那是一個受驚的眼神，而她，很不自在，快步地走開。

當她把紙幣放在他手裡的時候，心裡還在想，她把錢給了她的仰慕

4. 生丁，幣值相當於新台幣一分。

者。等到走遠了以後，她的意識才清醒一點：他的眼睛裡沒有閃過一絲一毫同謀共犯的些微光芒；看不出來他對他們之間小小的冒險有任何無言的暗示；而只有發自於內心的、全然真實的訝異；一個窮苦的人受到驚嚇的訝異。突然，她一切都明白了：以為寫情書的就是這個人，實在是太荒謬了。

一股怒氣衝上了她的腦門，她氣的是自己。為什麼她花那麼多心思在這件無聊的事情上？雖然只是想像，她為什麼讓自己任這個遊手好閒的人擺布，甘願掉進他所設的小小冒險？會想到把那幾封信藏在胸罩底下的做法，突然讓她覺得很受不了。她想像，有一個旁觀者在隱密的角落觀察她所有的行為，可是他不知道她心裡在想什麼。以他眼睛裡所見到的，他只會以為她是一個對男人饑渴的平凡女人，甚至更糟的是，還會認為她是愛幻想而愚蠢的女人，把每項愛的訊息都當作神聖物品一樣保留下來，讓她能沉溺在幻想中。

她再也受不了這個隱形的旁觀者嘲笑的眼神，一回到家，就走到衣櫃前。她看著疊成一疊的胸罩，有樣東西吸引了她的注意力。可是當然囉，昨天她就已經發現了：她的披肩不像她原來摺的那個樣子。只是當時心情愉快很快就忘了這回事。可是這一次，她沒辦法假裝沒看見，這不是她放東西的方式。喔，這太明顯了！他看了這些信！他監視她！他窺探她！

她非常的憤怒，這怒氣向著許多箭靶而發：氣那位陌生的男人，他寫那些信騷擾她，也沒跟她道個歉；氣她自己傻裡傻氣地把信藏起來；也氣尚・馬克窺伺她。她拿出那幾封信，走到廁所去（這已經走多少趟了！）。在廁所裡，在還沒把信撕碎，還沒把它丟進馬桶以前，她最後又讀了一遍這些信，她現在心裡猜疑，覺得信上的筆跡很可疑。她很仔細地研究：一直是用同樣的墨水，字體都很大，也都略微往左邊傾斜，不過，每封信的筆跡都有點不同，就好像寫信的人沒辦法一直維持同樣的筆跡。

這個發現讓她覺得非常奇怪，所以這時候，她還是先不把信撕掉，坐到桌子旁邊重新仔細地再看一遍。第二封信讓她停下來磨蹭好久，那封信寫她到洗染店去的情況：當時事情的經過到底是怎樣？她是和尚・馬克一起去的；提皮箱的人是他。在洗染店裡，她還記得很清楚，是尚・馬克把老闆娘逗笑了。寫信給她的人也提到了老闆娘的笑，可是他怎麼聽得見呢？他是說他在對街看到她笑了。可是有誰能在她不知情的情況下，觀察她的一舉一動呢？杜・巴侯不在那裡。乞丐也不在那裡。唯一在場的人，就是和她在洗染店裡的那個人。而信上寫的那一句：「有某種人為的東西加在妳的生活裡」，她本來以為是批評尚・馬克的一句笨拙的話，其實卻是尚・馬克自己自我陶醉的調情。

沒錯，是他的自戀自憐心理洩了他的底。他想藉著哀哀怨怨的自憐對她說：自從別的男人出現在妳面前以後，我就只是個沒有用的東西，加在妳的生活裡。接著，她想起了他們在餐廳吃飯吃到後來，他所說的那句奇怪的話。他對她說，也許，他搞錯了她的身分，也許她是另外一個人！「我像個偵探一樣地跟蹤妳」，他在第一封信裡這麼寫。這個偵探，就是他囉。他觀察她，他拿她來做實驗，以證明她不是他所認為的那樣的人！他以陌生人的名義寫信給她，然後觀察她的反應，偵查她，一直偵查到她的衣櫃，一直偵查到她的胸罩！

可是他為什麼要這樣做？

唯一可能的答案：他想要設計她。

可是他為什麼要設計她？

為了擺脫她。事實上，他還很年輕，而她老了。她想要掩飾她身上會突然發燥熱已經掩飾不了了，她老了，而且都看得出來。他在找藉口離開她。他不能告訴她：妳老了，而我還很年輕。他太正派了，不會這麼做，他人太好了。可是當他能確定她會背叛他，她有能力背叛他的時候，他就能夠離開她，能像他把他的老朋友F.推離他生命一樣輕易、一樣冷酷。這種冷酷，帶有一種莫名的快樂，這一向都讓她覺得害怕。現在她了解了，她的害怕正是一種預兆。

30

在他們的愛情記錄冊最前面的幾頁，他記錄下來的都是香黛兒的臉紅。他們第一次見面是在一次有很多人聚會的場合，在一間擺了一張長桌子的大廳裡，桌子上擺滿了香檳酒杯，和幾個盛滿了吐司片、肉醬、火腿的大盤子。這是在山上的一間飯店，他那時候是滑雪教練，也被邀請來參加，他會受邀有一點偶然，而且只被邀請來參加雞尾酒會一個晚上，到山上飯店來參加研討會的成員每天都會在會後舉行小型酒會。有人領著他經過香黛兒身邊的時候，很匆促地隨口幫她介紹了一下，他們甚至還記不住對方的大名。他們當時只能在別人面前簡單地交換幾句話。

第二天，尚・馬克雖然沒有被邀請，但他還是又來了，只為了想再見到她。看見他出現的時候，她臉都紅了。不只兩邊的臉頰泛紅，甚至連脖子，連脖子下面，整個胸口都紅了，她在眾目睽睽之下滿面紅通通，而她臉紅的原因就是因為他。這次臉紅等於宣告了她的愛意，這次臉紅決定了一切。三十分鐘以後，他們終於能在一條陰暗的長廊單獨相處；他們一句話也沒說，只是貪婪地擁吻在一起。

接下來，有幾年的時間，他再也沒見過她臉紅，這讓他更加確定了一件事：她那一次的臉紅非常具有獨特性，就像無價的紅寶石一樣在他們遙遠的過去閃耀著光芒。後來，有一天，她對他說，男人都不回頭看她。這句話本身並沒有什麼意義，它之所以變得重要，就是因為她說這句話的時候，臉紅了起來。對這種有色彩的語言，他不會沒聽見，何況，這是他們表達愛意的語言，而且，她說那句話會不由得臉紅，他覺得她要表達的其實是怕變老。這也就是為什麼，他要戴著陌生人的面具，寫信給她：「我像一個偵探一樣地跟蹤妳，妳好漂亮，非常的漂亮。」

當他把第一封信放進信箱的時候，他根本沒想到還要寫第二封、第三封信給她。他沒有任何計畫，他沒有設定未來要怎樣，他只想讓她高興，現在，馬上，幫她把男人都不回頭看她的這個消沉念頭掃除掉。他沒有預期她會有什麼反應。不過，要是他試著去猜測她的反應，他想她大概會把信拿給他看，然後說：「你看！畢竟，男人還是沒有把我忘記！」而他會以一個戀愛中的男人的天真口吻，對這位陌生人大加讚揚。可是她什麼都沒跟他提。這個小插曲還沒有結束，還有無限可能。接下來幾天，他發現她竟然很沮喪，被一些死亡的想法所苦，所以不管他願不願意，他都得繼續寫。

寫第二封信的時候，他心裡想：我變成了西哈諾[5]；西哈諾：他戴著另外一個人的面具，對他所愛的女人表達愛意；拿掉了他自己的名字，看著他文思泉湧、出口成章所爆發出來的力量。所以，在信的最後，他簽上

5. Cyrano de Bergerac，西哈諾，即大鼻子情聖。

了名字：C. D. B.。這是他個人的密碼。就好像他要在他經過的地方留下秘密的記號。C. D. B.：Cyrano de Bergerac。

西哈諾，他繼續充當這個人物。他猜她已經不相信自己有魅力，所以他就為她描繪她的身體。他一一指出她身體各個部位，臉孔、鼻子、眼睛、脖子、大腿，好讓她再次為自己感到驕傲。後來，他發現她穿衣服都比較愉快了，他很高興，可是同時，他雖然達成了目的，自己卻也覺得很掃興：以前，她不喜歡在脖子上戴那條紅色的珍珠項鍊，就算他拜託她，她也不戴；而現在，她卻對別人百依百順。

西哈諾不可能不嫉妒的。那天，他突然走進臥室，看見香黛兒正彎腰在衣櫃的隔板前，他注意到了她非常的困窘。那個時候他假裝什麼都沒看到，故意岔開話題，跟她談起眼皮刷洗眼球的事；第二天，他自己一個人在家，他打開衣櫃，發現兩封信放在一疊胸罩的下面。

於是，他陷入沉思，他再一次問自己，為什麼她沒把信拿給他看；

這答案在他看來很簡單。要是一個男人寫信給一個女人，是為了先預備一個處所，好讓他以後靠岸，等過一陣子他可以來引誘她。而要是這個女人秘密收藏著這些信，那表示她想以今天的隱匿來保護明天的冒險。而且，要是她保存這些信，就是表示她準備在未來的冒險中經歷這一場情愛。

他在敞開的衣櫃前逗留了好久，後來，每當他又在信箱裡放一封信的時候，他就會檢查一下衣櫃，看看信是不是還會被放在那裡，在胸罩下面。

31

要是香黛兒發現尚．馬克曾經對她不忠實，她會覺得痛苦，可是，嚴格地說，她從不認為他會這麼做。可是這種窺探，他像警察一樣偵查她的這種行徑，也完全不像她所認識的他。他們剛認識的時候，他什麼都不想知道，不想聽她過去的生活。不久，她也同意他這種拒絕知道的前衛作風。她在他面前沒有任何秘密，只有他自己不想知道的事，她才會不跟他說。她看不出來有什麼理由，讓他突然開始偵查她，開始監視她。

突然，她想起了他那個句子，他提到樞機女主教胭脂紅袍子的那個句子，竟然會影響她的舉止，這讓她覺得好丟臉：那個人只是把一個影像放進她腦子裡，她怎麼就那麼容易被牽著走！在他眼中一定覺得她很可笑！他把她當兔子一樣地關在籠子裡。他不懷好意、存心戲弄她地觀察著她的反應。

但要是她搞錯了呢？她不就是錯兩次了嗎，兩次都以為自己拆穿了寫信給她的人的身分？

她把尚．馬克以前寫給她的幾封信找出來，拿來和C.D.B.寫的信比對，尚．馬克的筆跡稍微往右傾斜，字體算是小的，而陌生人的字體比較大，而且往左傾斜。可是，就是因為差異太明顯了，反而讓人感覺到其中有詭詐。要是有人不想讓人家認出他的筆跡，首先會想到的就是改變傾斜的方向，以及字體的大小。香黛兒仔細比對尚．馬克所寫的f、a、o和陌生人寫的這幾個字母。她發現，雖然字體的大小不同，但是筆法應該說還滿像的。不過，當她一遍又一遍地繼續比對下去，她反而不敢肯定了。喔，不，她不是研究筆跡的專家，她什麼都沒辦法確定。

她挑了尚．馬克寫的一封信，和一封簽著C.D.B.這個縮寫字母的信；她把這兩封信都放進皮包裡。其餘的信呢？能找到一個更好的地方藏嗎？

藏有什麼用呢？尚・馬克知道這些信，而且他也知道她把這些信放在哪裡。應該別讓他知道她已經注意到他在窺探她。於是，她又把那些信放回衣櫃原來的地方。

然後，她去按一位筆跡心理分析家辦公室的門鈴。一位穿著深色衣服的年輕男子出來接待她，他帶她經過一條走廊，來到一間辦公室，在辦公室的一張桌子後面，坐著另外一位男人，體格強壯，只穿著襯衫，沒穿外套。這時候，那位年輕男子背靠在辦公室最裡面的一面牆上，而那位體格強壯的人站了起來，伸出手來跟她握手。

男人又坐了下來，而她坐在他前面的一張扶手椅子上。她把尚・馬克的信，和C.D.B.的信放在他的辦公桌上；她很不好意思地解釋她想要知道的事，那個男人以一種很疏離的語調跟她說：「我可以為妳分析妳知道他身分的人的心理，可是我很難從偽造的筆跡去做心理分析。」

「我不需要心理分析。寫這些信的那個男人的心理，我想我已經很了解了，如果他寫這些信的動機，真的是如我所想的話，我想我已經很了解了。」

「如果我沒有搞錯，妳只是想確定寫這封信的人——妳男朋友或妳先生——就是改變了筆跡寫另外這封信的人。妳想要拆穿他。」

「不完全是這樣子。」她很尷尬地說。

「不完全是，可是差不多是。只是，太太，我是筆跡心理分析家，我不是私家偵探，我也沒有和警方合作。」

在這間小房間裡闃然無聲，兩個男人都不想打破沉默，因為他們都不同情她。

在她身體的深處，她感覺到有一股熱氣冒上來，一股強而有力的、粗蠻的、鼓脹的熱氣，她脹得通紅，整個身體都紅通通的；又一次，樞機女主教胭脂紅袍子的那些字句浮現在她腦海，因為，事實上，她的身體現在就像是披著一件覆滿火焰的火紅色華麗外袍。

「妳找錯地方了，」他又接著說：「這裡可不是控告的法庭。」

她聽見了「控告」這個字，她火紅的袍子變成了披在身上的羞愧。她站起來想把信拿回來。可是在她把信拿回來之前，剛剛在門口接待她的那位年輕男子走到辦公桌的另一邊；他站在體格強壯的那個男人身邊，聚精會神地看著那兩封信上的字跡：「這當然是同一個人寫的，」他說；然後，他又對著她說：「妳看t，再看看g！」

突然，她認出他是誰了：這位年輕人，是她在諾曼第海邊等尚・馬克的時候，那間咖啡廳的侍者。當她認出他的時候，她聽見自己滿腔是火的內心深處傳來她自己的聲音，這聲音充滿訝異：喔，所有的這一切，都不是真的！是我的幻覺，是我的幻覺，這不可能是真的！

年輕男子抬起頭來，看著她（就好像他刻意要把臉露出來，好讓她看個清楚），帶著一種溫和又鄙夷的微笑，對她說：「當然啦！這筆跡是一樣的。它只是把字體放大，往左邊傾斜。」

她什麼話都聽不見了，「控告」這個字把所有其他的字都摒除在外。她覺得自己好像是一個跑到警察局去檢舉她愛人不忠實的女人，她所有能舉證的證據就是她在床上找到的一根頭髮。終於，在把信拿回來了以後，她一言不發，掉頭就走。那位年輕男子又換了個位置：他走到門邊，幫她開門。她離他還有六步的距離，這一小段距離對她來說似乎無限漫長。她脹紅了臉，全身發燙，渾身是汗。在她前面的這位男人年輕得非常狂妄自大，而且，他也很狂妄自大地看著她可憐的身體。她可憐的身體！在這位年輕男子目光的注視下，她很明顯地感覺到它變得衰老，加快速度的衰老，在光天白日下。

她覺得她在諾曼第海邊咖啡廳裡的情形又要舊事重演了；當他帶著屈意討好的微笑，擋住到門口去的通路時，她很擔心自己離不開這間辦公室。她等著他又會用同樣的把戲戲弄她，可是，他卻很有禮貌的往辦公室的門邊站開一步，讓她過去；然後，她像個老太婆一樣不放心地踩著步子，走到進門的那條走道上（她覺得有個眼神一直盯著她的背看，她的背都溼透了），當她終於走到樓梯間的時候，她突然有種躲開了大災難的感覺。

32

一次，他們一起走在街上，彼此都沒有開口說話，周圍只有幾個陌生人從他們的旁邊經過，但是這天她為什麼會突然臉紅？實在找不出任何原因：他很困惑，忍不住直接問她：「妳臉紅了！妳為什麼會臉紅？」她沒有回答他的話，害得他心緒不寧，看著她明明心裡有事，他自己卻完全不知情。

就好像這個突如其來的小插曲又使他愛情紀錄冊的絢麗色彩灼灼耀耀地亮了起來，他寫信給她，談到了樞機女主教胭脂紅的袍子。他扮演西哈諾的角色，達成了他最偉大的目標：使她受到他的誘惑。他寫的信、他的勾引手法都讓他自己覺得自傲，可是他卻也感受到一種前所未有的嫉妒。他創造了一個男人的幻影，而且在無意間，他卻讓香黛兒不得不接受一項測試，來評量她面對另外一個男人的勾引時，會被觸動的程度有多高。

他的嫉妒和他年紀還小的時候所知道的那種嫉妒不同，年紀輕時，想像會把幻想中的色慾撩撥得更加折磨人；而現在這一次，雖然比較不痛苦，可是更具毀滅性：它逐漸逐漸地，把心愛的女人複製成另外一個摹本，成為一個假象，而一旦她對他不再是個確定的存在物，那麼在這一團混亂、毫無價值的世界上，就再也沒有任何穩固的支撐點了。面對香黛兒發生變化了的形貌（或者說失去了原初的形貌），他心裡充滿的是一種陌生的、帶點感傷的冷漠情緒。這種冷漠不是針對她，而是對所有的一切都漠不關心。如果香黛兒是一個假象，那尚．馬克的整個人生也是一個假象。

到最後，他的愛克服了嫉妒和懷疑。他站在敞開的衣櫃前，低著頭盯著那一疊胸罩看，突然，不知道為什麼，他覺得很激動。激動地面對女人們把一封信藏在她們內衣裡的這種遠得無法記憶的舉止，激動地面對他獨一無二、無與倫比的香黛兒也藉著這個舉止，歸入到所有女人姊妹淘們漫長而無止境的隊伍中去。他從來不想知道她的私密生活，不會和她一起分享。而為什麼他現在對這個這麼感興趣，甚至覺得觸犯到自己了呢？

然而，他又捫心自問，所謂私人的秘密是什麼呢？在這種私人的秘密裡，隱藏著一個人最個人化、最具獨特性、最神秘不可解的東西嗎？是這些私人的秘密構成香黛兒這個他所愛的獨特個體嗎？不，不是。秘密是最具共通性、最平凡、最會一再重複，而且是每個人都會有的：身體和身體的需要、身體的疾病、身體的癖好，例如便秘，或是月經。我們之所以會很不好意思地隱藏這些私人的秘密，並不是因為它非常的個人化，而相反的，是因為它很悲哀地完全不個人。他怎麼能抱怨香黛兒歸屬於她那個性別，抱怨香黛兒和其他的女人一樣，抱怨香黛兒穿胸罩，並且對胸罩有她們自己的一套胸罩心理學？就像他自己不也有一些永遠擺脫不了的男性愚蠢！

他們兩個人都是從上帝做點小零活的工作室裡得到生命的起源，在這間工作室裡，就馬馬虎虎地在他們的眼睛上加個眼皮開闔的動作，而且在他們的肚子裡造了一個會發臭的小工廠。他們兩個人同樣都是處在一個身體裡，可憐的靈魂在這個身體裡所占的位置非常小。在這一點上，他們不是應該彼此寬宥嗎？他們不是應該就別理睬他們藏在抽屜深處的小小懦弱嗎？他心裡充滿無限的同情，而且為了在這件事情上畫上一個句點，他決定寫給她最後一封信。

33

面對信紙，他又想起了他充當西哈諾時（他現在還是西哈諾，最後一次）曾經提起的可能之樹。可能之樹：生命如其所然地呈現在一個人面前，一個很是訝異、即將要邁入成人階段的人。這棵樹枝葉繁茂，處處可以聽見蜜蜂嗡嗡嗡的鳴唱。

他想他了解她為什麼一直沒有把信拿給他看：她想聽聽樹的呢喃，單獨一個人聽，不要跟他一起；因為他，尚．馬克，表示的是所有的可能性都被革除，他把她的生命削減到只剩唯一一種可能（雖然這種削減是幸福的）。她不能跟他提起這些信，因為，她一坦白，很可能立刻就會讓人明白（讓她自己明白，也讓他明白），她並不是真的那麼在意這些信提供給她的可能性，而且她就會提前把那棵樹——他告訴她的那棵被遺忘了的樹——拋到腦後。

他怎麼能抱怨她呢？畢竟，是他自己想要讓她聽見枝葉呢喃的樂音。她也不過是照著尚．馬克的心願行事。她順從了他。

面對著信紙，他心裡想：就算寫信的這趟冒險行動完成了，他也要讓這個枝葉呢喃的迴音駐留在香黛兒的心裡。他寫信告訴她，他有突發事件非得離開不可。接著，他更細膩地表達他想說的話：「這次離開真的是之前沒有預料到的嗎？或者應該說，我前面幾封信之所以寫得很含糊，就是因為我知道這些信不會有後續？就是因為我要離開已經是個確定的事實，我才能完全坦白地跟妳說，不是嗎？」

離開。沒錯，這是唯一可能的解決辦法，可是去哪裡呢？他一直在想。不提目的地嗎？這似乎太神秘浪漫了。或者就支支吾吾地帶過去。的確，他這個人應該留在暗處，這也就是為什麼他沒有解釋他必須離開的原因，因為這些原因會把寫信的人的假想身分暴露出來，例如，他的職業。

不過，他要用很自然的方式提到他去哪裡。法國的一個城市？不。這還不足以構成中斷信件的理由，必須到更遠的地方去。紐約？墨西哥？日本？這顯得有點蹊蹺。要想一個外國城市，很普通，可是又不太遠的。倫敦！對啦；他覺得這個地點很合邏輯、也很自然，他不禁暗暗笑了：的確，我能去的地方就只有倫敦。

而且當他問自己：為什麼只有倫敦讓我覺得這麼自然？他立刻就會回憶起一位倫敦男人，這個倫敦男人是香黛兒和他常常拿來開玩笑的對象，這個沒事喜歡招惹女人的男人，以前給過香黛兒他的名片。英國人、不列顛人，尚．馬克給了他一個綽號，叫做「不列癲人」。是還不錯：倫敦，一個淫蕩夢想之都。這位陌生的仰慕者就要消融在那個國度狂歡作樂的人群中、漁獵美色的人群中、勾搭異性的人潮中，消融在色情狂、性變態、登徒子的人群中；他就是要在那個國度裡永遠消失。

他心裡還想：倫敦這個字，他要把它當作是一種簽名寫在信裡，就像是他和香黛兒的對話所留存下來的似有若無的痕跡。在沉默中，他忍不住揶揄自己：他要一直當個陌生人，無法辨認身分，因為這個遊戲必須要這麼玩。然而，有一股相反的慾望——這股慾望完全沒有來由、沒有什麼道理可說、非理性的、秘密的，甚至還有一點愚蠢的——煽動他不要讓人家完全無法看穿，煽動他要留一個暗號，要在某處藏一個密碼，好讓特別敏銳的、陌生的觀察者能夠把他的身分指認出來。

當他下樓梯要把信放進信箱的時候，他聽見了幾聲刺耳的哭鬧聲。到了樓下，他看見那些人：一個女人和三個小孩站在一排門鈴按鈕前面。他經過他們身邊，走向前面牆上排成一列的信箱。當他轉過身，就看見那個女人按的鈴就是寫著他的名字和香黛兒的名字的。

「妳要找誰嗎？」他問。

那女人說了一個名字。

「就是我！」

她往後退了一步，瞧著他，用誇張的口吻讚歎著，說：「是你！喔，我好高興認識你！我是香黛兒的大姑子！」

34

他不知道該怎麼做，只好請他們上樓。

「我不想打擾你們。」他們都進了住家的門以後，這位大姑子說。「妳沒有打擾我。再說，香黛兒也快回來了。」

大姑子開口說話了，時而看一眼那幾個小孩，小孩都很安靜、害羞，甚至有點嚇到的樣子。

「我好高興香黛兒待會兒能看到他們，」她摸著其中一個小孩的頭，說：「她沒見過這些孩子呢，他們是在她走了以後生的。她很喜歡小孩。我們在鄉下的那房子啊，孩子可多了。她的丈夫還比較討人厭呢，我不應該這麼說我弟弟，可是他又結了婚以後，就不想再看到我們。」她笑著說：「其實，我一直都比較喜歡香黛兒，甚於她丈夫！」

她又往後倒退了一步，以一種又是讚賞、又是賣俏的眼光，打量尚・馬克：「終於，她選中了一個男人！我今天來是要告訴你，我非常歡迎你到我們家來。要是你能來，我會感激不盡，而且也請你把香黛兒一起帶來。我家的大門隨時為你們而開。永遠。」

「謝謝。」

「你是個大個子，喔，我喜歡這樣。我弟弟個頭比香黛兒小。我一直都有個錯覺，她是他的媽媽。她以前都叫他『我的小老鼠』[6]，你懂吧，她給他取了這個陰性的綽號！我都會這樣想像，」她邊說邊笑出聲：「她把他抱在懷裡，搖著他，在他耳邊小小聲地說：『我的小老鼠，我的小老鼠！』」

她跳舞似的搖搖擺擺走了幾步，把手臂抱在胸前，好像懷裡就抱著

6. souris，老鼠，陰性名詞，冠詞、形容詞都要使用陰性的，例如：ma petite souris。在這裡，這個綽號卻用在一個男人身上。

一個嬰兒，不斷地說：「我的小老鼠，我的小老鼠！」她這麼搖擺了好一會兒，強要尚．馬克以微笑來回應。為了讓她高興，他勉強笑了一下，心裡一邊想像著香黛兒面對一個被她叫做「我的小老鼠」的男人。這位大姑子繼續說話，而他擺脫不掉這個讓他渾身起雞皮疙瘩的畫面：香黛兒叫一個男人（個頭比她小）「我的小老鼠」的畫面。

隔壁房間傳來了一陣噪音。尚．馬克這才明白孩子沒有跟他們在同一個房間裡；原來這就是這些不速之客的詭計：他們看起來好像不會怎樣，卻成功地侵入了香黛兒的房間；剛開始還安安靜靜的，就好像秘密武器一樣，然後，悄悄地背著他們關上門，狂暴而傲慢。

尚．馬克很擔心那些孩子不知道會怎樣，可是大姑子安慰他說：「沒事的，只不過是孩子嘛。他們在玩。」

「是啊，」尚．馬克說：「我知道他們在玩。」說著他就走到那間吵鬧的房間去。大姑子的動作比他還快。她開了房門：孩子們正把一張旋轉椅拿來當馬騎；其中一個孩子肚子貼著椅墊，兜著轉圈圈，其他兩個孩子笑著在一邊看。

「我就說吧，他們在玩。」大姑子把門關上，又說了一遍。然後，她向他使了個眼色，說：「只不過是孩子嘛，誰都拿他們沒辦法。真可惜香黛兒不在，我實在想讓她看看這些孩子。」

隔壁房間的吵鬧聲變得更響、更嘈雜，尚．馬克再也提不起勁去叫那些孩子安靜。他看見他前面站著一個香黛兒，處身在聒噪混亂的一家子當中，懷裡還抱著一個被她叫做「小老鼠」的男人。這個畫面又連結到另一個畫面：香黛兒為了保全一個冒險的機會，不讓這個可能性破滅，就小心翼翼地保留著陌生的仰慕者寄來的信。這個香黛兒和以前都不一樣了；這個香黛兒不是他所愛的那一個；這個香黛兒是一個假象。他心裡忽然充滿了一股奇怪的毀滅性的慾望，他很高興有那些孩子來製造這些嘈雜。他恨不得他們毀了這房間，恨不得他們毀了他所愛的這個小世界，這個小世界已經成了一個假象。

「我的弟弟，」大姑子在這個時候還繼續說：「對她來說太弱了，你懂我的意思嗎，太弱了……」她笑著，說：「……不管在哪一方面來說都是。你懂我的意思的，你懂我的意思的！」她臉上還是帶著笑。「不過，我能不能給你一個建議？」

「請說。」

「一個很私人的建議！」

她把嘴巴湊過來，跟他說了某些事，她的嘴唇發出了一點聲音，可是因為太靠近尚·馬克的耳朵了，他反而聽不清楚。

她把嘴巴收回來，笑著問：「你說呢？」

他根本都沒聽懂，可是他也跟著笑。

「啊，你覺得這個很有趣吧！」大姑子接著說：「我可以跟你說一大堆類似這樣的事。喔，你知道嗎，我們家的人彼此是沒有秘密的。要是你和她出了問題，就告訴我，我可以給你一些很棒的建議！」她笑著說：「我知道用什麼辦法可以治她！」

尚．馬克心裡想：香黛兒一談到她大姑子的家庭，常常都是帶著敵意。她的大姑子怎麼會表現得對她這麼有好感呢？香黛兒討厭他們，到底意味著什麼？一個人怎麼會討厭某些人事物，同時卻又那麼輕易地就適應了她所討厭的那些人事物呢？

孩子們在旁邊那個房間裡肆虐，大姑子朝他們那邊做了個姿勢，笑著說：「他們沒有干擾到你，我看得出來！你和我一樣。你知道嗎，我不是一個喜歡凡事井然有序的女人，我喜歡一切都動來動去的，我喜歡事情有變化，我喜歡東西會發出聲音，簡單的說，我喜歡生命！」

孩子的喊叫聲成了某種背景聲音，他在腦子裡一直思索：她很輕易地就適應和她討厭的人相處，這種能力真的值得讚賞嗎？她有兩面性格，真的算是占了優勢嗎？他一向很喜歡這個比喻：在一群做廣告的人當中，她像是一個入侵者、一個密探、一個戴著假面具的敵人、一個潛伏的恐怖分子。可是，她不是恐怖分子，她比較像是——如果要借用政治術語的話——通敵分子。通敵分子是為一個她所討厭的權力結構工作，而不必去認同它；她為它做事，同時又和它有所分別，當有一天，要面對法官的時候，她可以為自己辯護說，她有兩面性格。

35

香黛兒在門口停了腳步，顯得非常驚訝，她停了幾乎有一分鐘，因為尚．馬克和大姑子都沒有注意到她。這個像喇叭一樣響亮的聲音，她已經很久沒聽見了：「你和我一樣。你知道嗎，我不是一個喜歡凡事井然有序的女人，我喜歡一切都動來動去的，我喜歡事情有變化，我喜歡東西會發出聲音，簡單的說，我喜歡生命！」

終於，大姑子的目光轉移到了她的身上：「香黛兒！」她叫出聲來：「真是想不到，對不對？」說著就急忙過來擁抱她。香黛兒感覺到她的大姑子兩瓣潮溼的嘴唇。

香黛兒的出現引發了一點小尷尬，很快的，這就被一個突然冒出來的小女孩所打破。「這是我們的小戈鈴，」大姑子對香黛兒說；然後，她又對孩子說：「跟舅媽說，舅媽好。」可是孩子一點都不理睬香黛兒，只說她要尿尿。大姑子，毫不猶豫地，立刻帶著戈鈴往通道去，進了盥洗室裡，就好像這間公寓她已經很熟悉。

「天哪，」香黛兒嘴裡喃喃有詞，趁她大姑子不在，她問道：「她怎麼找到我們的？」

尚・馬克聳聳肩。因為大姑子把通道的門和盥洗室的門都大大敞開著，所以他們沒辦法多說些什麼。他們聽見了尿尿滴在馬桶水裡的聲音，其中還夾雜著大姑子的聲音，她還一邊跟他們說著她家裡的一些訊息，這些訊息時而以尿尿聲做為逗點。

香黛兒想起了一件事：在鄉下那間大宅院度假的時候，有一天，她鎖上了門在盥洗室裡；突然，有人拉了一下門把。她因為討厭隔著盥洗室的門交談，所以就沒出聲。在房子另一頭有人出聲安撫外面那個急躁的人，說：「香黛兒在裡面！」外面那個急躁的人雖然聽見了，還是扭動了好幾次門把，就好像要抗議香黛兒默不出聲。

尿尿的聲音以後就是沖水的聲音，香黛兒一直在想，鄉下那棟混凝土的大宅院會把所有的聲音擴散開來，使人無法分辨聲音是從哪個方向傳來的。她以前很習慣聽見她大姑子做愛時的嬌喘（他們發出這種不必要的聲音，想必是有意挑逗、撩撥，然而它所激發的卻不是肉體的性慾望，而比較是精神層面的：他們好像是在示範不必隱藏任何秘密）；有一天，這些愛的嬌喘又傳到她的耳邊，過了好一會兒，她才明白這是患氣喘的老媽媽發出的聲音，她在這棟會有迴音的大宅院另一頭，發著抖喘氣。

大姑子又回到了客廳裡。「去吧，」她對戈鈴說，戈鈴立刻跑到隔壁房間和其他兩個小孩一起玩。然後，她對尚・馬克說：「我不怪香黛兒離開了我弟弟，也許她還應該早一點離開他。可是，我不諒解的是，她竟然把我們都忘了。」她又轉而對香黛兒說：「無論如何，香黛兒，我們在妳的生命裡占了很大一部分！妳不能否認我們，想要把我們擦掉，妳不能改變妳的過去！妳的過去就是這個樣子。妳不能否認，當年妳跟我們一起生活的時候很快樂。我來跟妳這位新的男朋友說，我歡迎你們到我們家來！」

香黛兒聽她說這些話，心裡想，在她和這個家庭一起生活得那麼長的時間裡，她都沒有表現出她和他們之間的差異，以致於她的大姑子很有理由（算是很有理由的）責怪她為什麼離婚後就和他們都斷絕了關係。在那麼多年的婚姻裡，她為什麼一直表現得那麼和藹、那麼百依百順？她自己甚至不知道該怎麼解釋那時候的態度。是溫馴？虛偽？冷漠？還是很懂得自制？

當她兒子還活著的時候，她完全準備好接受大家庭的團體生活，在不斷的監視下過日子，面對集體不成體統的行為，面對游泳池畔幾乎免不了的身體裸露，面對天真無邪地雜處在同一個屋簷下，這使得她就是能藉著一些細微而讓人難堪的線索，知道在她之前有誰進過廁所。她喜歡這樣嗎?不,她覺得非常噁心,但是她的這種噁心是溫和的、沉默的、不反抗的、順服的、近乎和平的、帶一點點嘲弄的、從來不會反叛的噁心。要是她的孩子沒有死,她會這樣一直過到她生命的終了。

在香黛兒的房間裡,嘈雜的聲音更響了。大姑子喊著說:「安靜點!」可是她的聲音聽起來是開心,而不是發脾氣,一點都不像是要平息那些嘈雜聲,反而像是幫腔助興。

香黛兒失去了耐性,走進她的房間裡。孩子們在扶手椅上攀爬,可是香黛兒注意到的不是他們;她嚇呆了,她看見她的衣櫃;衣櫃的門敞開著,在衣櫃前面的地上,她的胸罩、她的內褲丟得到處都是,雜在這中間的還有那幾封信。然後,她才發現年紀最大的那個女孩拿一個胸罩箍著她的頭髮,胸罩的罩杯豎立在她頭上,就像哥薩克人戴的頭盔。

「你看看她!」大姑子很親切地搭著尚.馬克的肩膀,笑著說。「看哪,看哪!這是化妝舞會吶!」

香黛兒看見那些信被丟了滿地。一股怒氣衝上她頭頂。她才離開筆跡心理分析家的辦公室一個小時，那兩個男人很輕蔑地接待她，而她又沒辦法為自己辯護，只能任由她的身體脹得火紅。現在，她已經受夠了自己的罪惡感：這些信對她來說不再是她應該覺得羞愧的無聊秘密；從這個時候起，它們象徵的是尚．馬克的虛偽、他的詭詐、他的背叛。

大姑子明白香黛兒冷若冰霜的反應。她一直說話說個不停，也笑個不停的，彎腰從孩子身上取下胸罩，蹲下來撿內衣。

「不要，不要，我拜託妳，別管那些。」香黛兒對著她說，語氣很堅定。

「隨便妳，隨便妳，我只是想把它弄好。」

「我知道。」香黛兒一邊說，一邊看著她的大姑子走到尚．馬克身邊，靠著他的肩膀；香黛兒彷彿覺得他們在一起很相配，他們是很登對的一對情侶，是喜歡監視別人的一對情侶，喜歡窺探別人的一對情侶。不，她一點也不想把衣櫃的門關上。她任由它大大敞開，就像是有人來掠奪過的證據一樣。她心裡想：這間公寓是我的，而且我非常非常想要一個人獨處；極度極度地想要、極度到了頂點地想要一個人獨處。

她大聲把這個念頭說出來：「這間公寓是我的，任何人都沒有權利開我的衣櫃，翻我私人的東西，不管是誰都一樣。我說，不管是誰都一樣。」

最後這一句話是衝著尚・馬克說的成分多一些，而比較不是對她大姑子說。可是，為了不要在這位不速之客面前洩漏真相，她立刻把話鋒都指向她：「我請妳離開。」

「沒有人翻妳私人的東西。」她的大姑子也嚴陣以待。

香黛兒用頭點畫了一下敞開的衣櫃，還有撒了滿地的內衣和信件，當作是對她的回答。

「天哪，孩子是在玩啊！」大姑子說，而孩子們都閉起了嘴不說話，好像以他們善於察言觀色的本能，他們也感覺到了空氣中震盪著一股怒氣。

「我拜託妳走。」香黛兒又說了一次，這次她還對她指著門。

其中有一個孩子手裡拿著一個蘋果，那是他剛剛在桌上的盤子裡拿的。

「把蘋果放回去。」香黛兒對他說。

「我是不是在作夢啊！」大姑子叫出聲來。

「把蘋果放回去，誰說要給你的？」

「她竟然連個蘋果都不給孩子，我簡直是在作夢！」

孩子把蘋果放回盤子裡，大姑子又把它取回來，拿在手裡，其他兩個孩子也過來和他們站一邊，然後他們離開了。

36

現在只有她和尚．馬克單獨在一起，她覺得她看不出來尚．馬克和剛剛離開的那些人有什麼兩樣。

「我差點兒就忘記了，」她說：「我以前買這個房子，就是為了總算能夠得到自由，為了不再被別人監視，為了能把我的東西放在我想放的地方，為了能夠安心，確信東西一直都在我放的那個地方。」

「我告訴過妳很多次，我的位置是在那個乞丐的旁邊，而不是妳的旁邊。我是處在這個世界的邊緣，而妳，妳是處在中心。」

「你是處在一個非常豪華奢侈的邊緣，而你卻什麼也沒付出。」

「我隨時都有準備要離開我這個豪華奢侈的邊緣。可是妳，妳永遠都不會放棄這個隨合流俗的城堡，妳就帶著妳的多重性格住在這個城堡裡。」

37

一分鐘以前，尚．馬克還想跟她解釋一些事情，坦承是他在故弄玄虛，可是這四句對話使得一切的交談都變得不可能。他再也沒什麼好說的，因為，真的，這間房子是她的，而不是他的；她告訴他，他是處在一個非常豪華奢侈的邊緣，而他卻什麼也沒付出，這也是真的：他賺的錢只有她收入的五分之一，而他們之間的關係就是建立在彼此默認這個不平等的基礎上，他們從來不去碰觸這個問題。

他們兩個人都站著，面對面，中間隔著一張桌子。她從皮包裡掏出一封信，撕開封口，攤開信紙；這是他剛剛寫給她的，才不過是一個小時以前的事。她一點也不隱瞞，甚至還拿它來炫耀。她二話不說地，就在他面前朗讀這封她本來可以保密的信。然後，她又把信放進皮包裡，滿冷漠地瞥了尚・馬克一眼，只是匆匆一眼，然後一句話也不說地走進自己的房間。

他回想她剛剛說的話：「任何人都沒有權利開我的衣櫃，翻我私人的東西。」真是天曉得，她怎麼知道他已經知道那些信和藏信的地方。她想要向他表明她知道了他所做的這一切，而且她根本都不在乎。而且，她已經決定她要以自己想要的方式過日子，不再為他煩惱。而且，從今以後，她準備在他面前讀這些情書。她想藉由這種冷淡，把尚・馬克當作不在場。對她來說，他已經不在這裡了。她已經讓他搬了家。

她在自己的房間裡待了很久。他聽見了裡面吸塵器疾疾激烈的聲響，正收拾著剛剛那群不速之客留下來的一團混亂。然後她進了廚房。十分鐘後，她叫他。他們坐在桌子旁邊，吃著冷冷的食物。這是他們共同生活以來，第一次彼此不發一語。喔，他們用那麼快的速度咀嚼食物是嚐不出味道的！她再度進去她自己的房間。他不知道要幹嘛（也什麼事都沒辦法做），他穿上了睡衣，躺在他們的大床上，通常，他們都是一起睡在這張床上。可是這天晚上，她都沒有離開她的房間。

時間一分一秒的過去，他完全無法入眠。終於，他從床上爬起來，把耳朵貼在門上。他聽見了她規律的呼吸聲。她這麼安穩的睡眠，竟然這麼容易就進入睡夢，讓他心裡絞痛。他就這樣站了好久，耳朵貼在門上，他告訴自己，她沒有他以為的那麼容易受到傷害。而且，也許，他認為她比較脆弱而他比較強碩，是他自己搞錯了。

其實，是誰比較強呢？當他們兩個人都站在愛情國度裡的時候，也許真的是他強。可是，一旦愛情的國度從他們腳底下消失的時候，她則是強者，而他是弱者。

38

在她狹小的床上，她沒有如他所想的睡得那麼好；這個睡夢被打斷了一百次，其中充滿片片段段的夢境，荒誕無稽、毫無意義又不連貫，一幕幕讓人不愉快、讓人難受的色情夢境。每一次，她從這一類的夢中醒來，就覺得渾身不自在。看吧，她心裡想，這就是女人生命裡的一項秘密，每個女人生命裡都有的一項秘密：白天裡，所有的忠實、清白、純潔的誓言，都因為暗夜裡的顛倒夢想而變得可疑。

在我們這個世紀裡，人們不會因為夜裡的夢而覺得受到侵犯，可是香黛兒很喜歡去想像克萊芙公主（la Princesse de Clèves），或是貝爾那汀-聖皮耶的貞女維吉妮（la chaste Virginie de Bernardin de Saint-Pierre），或是亞維拉的聖女德蘭（sainte Thérèse d' Avila），或是我們這個時代的德蕾莎修女，她流著汗，為了行善奔走全世界；香黛兒很喜歡去想像她們的夜晚像個敗德的垃圾場，不可告人、虛幻不實、疲軟虛弱，一到白天就變為聖潔、品德高尚。而她自己的夜晚則是這樣的光景：她會醒過來好幾次，每次都是在和很多她不認識的討厭男人詭異地一起狂歡之後醒過來。

早上很早的時候，她就起來穿衣服，不想再掉進那些污穢的歡愉快感裡，而且，她還拿了一只小皮箱，收拾短程旅行要用的一些必需品。她剛收拾好，就看見尚．馬克穿著睡衣，站在她房門口。

「妳去哪裡？」他問她。

「去倫敦。」

「啊？去倫敦？為什麼要去倫敦？」

她很平靜地說：「你很清楚為什麼要去倫敦。」

尚．馬克臉紅了。

她又說了一次：「你都很清楚，不是嗎？」她看著他的臉。這次是她看著他臉紅，對她來說這是一大勝利！

他雙頰火紅，說：「不，我不知道妳為什麼要去倫敦。」

她一直瞅著他看，看著他的臉紅通通的。

「我們要在倫敦辦一個研討會，」她說：「我是昨天晚上才知道的。你很清楚我昨天沒有機會跟你說，也沒有心情跟你說。」

她認為他一定不相信她說的，而且，她很高興她的謊言可以很容易被識破、可以這麼沒有廉恥、這麼放肆、這麼有敵意。

「我已經叫了計程車，我要下樓了，車子隨時會到。」

她對他微微一笑，就好像以微笑來代替說「再見」，或是「永別了」。而且，在最後一刻，她做了一個動作，這動作就好像是違背了她的意願一樣，就好像是她不由自主做出來的一樣，她把右手貼在尚・馬克的臉頰上；這個姿勢很短暫，只維持一兩秒鐘，然後她就轉身出去，離開了。

39

他的臉頰還感覺得到她手的碰觸，更準確地說，是三根手指指尖的碰觸，而且留下了冷冷的印跡，就好像摸到了青蛙之後的感覺。她的撫摸一向都是緩慢的、平和的，他覺得她好像想把時間拉長。當這三根指頭一霎時碰觸到他的臉頰時，這不是一個撫摸，而是一聲召喚。就好像，在她快要被暴風雨攫住、被浪潮捲去的那一刻，她只有一個轉瞬即逝的姿勢，好像在說：「呀，我來過一遭！我曾經在那兒經歷過！不論以後發生什麼事，別把我忘記！」

他動作很機械化地穿上衣服，心裡想著他們剛剛提到倫敦時的對話。「為什麼要去倫敦？」他這麼問，而她的回答是：「你很清楚為什麼要去倫敦。」這很明顯的是影射他在最後一封信裡所提到他要前往的地點。這句「你很清楚」表示：你知道那封信。可是這封信，她才剛從信箱裡拿到，只有發信人和她知道這件事。換句話說，香黛兒已經拆穿了可憐西哈諾的假面具，而且她想對他說：是你自己邀我到倫敦去的，所以，我照你的話做。

可是，如果她已經猜到了他就是寫信的人（天哪，天哪，她怎麼猜得出來呢？），她為什麼會把這件事看得這麼惡劣？她為什麼會態度這麼殘酷？要是她都猜到了，為什麼她沒猜透他寫匿名信的原因所在？她是用什麼心情看待他做這件事的？在所有這些疑問的背後，他只確定一點：他不了解她。而她，同理可推，也一樣什麼都不了解。他們心裡所想的往往背道而馳，他覺得他們的想法永遠不會有交集。

他所感受到的痛苦不想得到撫慰，相反的，它想要傷口加劇，而且要在眾目睽睽之下，把它像不合乎公理正義的標記一樣帶在身上。他沒有耐心等香黛兒回來，好向她解釋這之間的誤會。在他內心深處，他很清楚這是唯一合宜的舉止，可是痛苦不想要聽道理，它有它自己的道理，就是不講理。它不講理的道理就是，要讓香黛兒回來發現公寓裡空無一人，他人已經離開了，就依照她所宣告的，她要一個人能獨處，不要被人窺探。他把幾張鈔票放進口袋裡，這是他所有的錢了，然後他猶豫了一會兒，想一下要不要把鑰匙帶走。最後他把它放在入門的小桌子上。當她看見這些鑰匙，她就明白他再也不會回來了。只有幾件外套、襯衫放在衣櫥裡，只有幾本書還擱在書架上，留在這裡當作回憶。

他離開了，不知道自己接下來要做什麼。重要的是，離開這間不屬於他的公寓。先離開，再決定然後要到哪裡去。只有到了街上以後，他才會讓自己去想這個問題。

可是當他走到大樓樓下，他突然有一種脫離現實的奇怪感受。他必須在人行道上停一下，才能好好思索。去哪兒呢？他腦子裡有各種矛盾的想法：他有一些務農的親戚住在佩里戈爾（Périgord），他們一向都很熱忱的接待他；或是待在巴黎隨便找家便宜的旅館。當他還想不出個所以然的時候，一部計程車停在紅燈前。他對計程車招了招手。

40

在路上，當然沒有什麼計程車在等她，香黛兒要去哪裡根本一點主意也沒有。她做這個決定完全是因為她的心很亂，克制不住自己，臨時隨口編出來的。這個時候，她只想要一件事：至少一天一夜不要看到他。她還想到了去住旅館，就住在巴黎的旅館，可是她立刻就覺得這很可笑：一整天她要做什麼？在馬路上閒逛，呼吸市井間的臭氣嗎？把自己關在房間裡嗎？在房間裡幹嘛呢？接著她又想到了搭一輛車子到鄉下去，說不定可以很湊巧地找到安靜的處所，停留個一兩天。可是哪裡呢？

不太知道她怎麼走著走著就來到了一個公車站牌。她心裡想，就坐上第一班經過的公車，任由它載到終點站吧。一輛公車停了下來，她很訝異，看見公車上標明的停靠站，竟然有北方車站（Le gare du Nord），開往倫敦的火車就是從這個車站發車的。

她覺得這種巧合是個經過籌謀地，一步步地誘導著她，她想說服自己這是一個好心的仙女要來救她。

倫敦，她之所以告訴尚・馬克，她要去倫敦，其實只是想讓他明白她已經知道他玩的把戲了。現在，她心裡起了個念頭：也許尚・馬克會把去倫敦這件事當真；也許他會到車站去找她。在這念頭之後，她心裡又起了另一個念頭，比較微弱，彷彿是一隻小鳥的聲音一樣，只略略聽得清楚：要是尚・馬克到車站去，這一場可笑的誤會就可以冰釋了。這個想法像是一種撫慰，可是這個撫慰太短促了，因為不一會兒，她又開始抵擋他，把一切思念的愁緒都推開。

可是，她要去哪裡呢，她要做什麼呢？要是她真的啟程到倫敦去，那又會怎樣？要是她就讓她的謊言成真，那又會怎樣？她想起了她的小記事本裡一直都有那位不列顛人的地址。不列顛人：他已經幾歲了？她知道，再和他碰面是世界上可能性最低的事。那又怎樣呢？那更好。她到了倫敦，就四處去散散步，租一個旅館房間，明天再回巴黎。

接下來這個念頭又讓她不開心：離開家以後，她以為找回了獨立自主，但是事實上，她任由自己被一股莫名的、無法掌控的力量帶著走。出發到倫敦去，這個想法太瘋狂，是一些荒唐的巧合誘使她做這個決定的。為什麼她會認為這些巧合是刻意為她預備的？為什麼她會覺得是個好心的仙女？要是這個仙女心存惡意、圖謀不軌要對她不利呢？她下定決心：當公車停靠在北方車站的時候，她不下車；她要繼續坐到下一站。

可是當公車停下來的時候，她很訝異自己也跟著下車。而且，她也朝著車站大廳走進去，好像是被吸進去的一樣。

在開敞的大廳裡，她看見有一座大理石階梯通往高處，通到一間候車室，旅客在那間候車室等候開往倫敦的火車。她想去看看時刻表，可是還沒來得及走過去，就先在一片笑聲中聽見了有人喊她的名字。她停下腳步，看見她的同事群集在那座階梯下面。他們知道她看見了他們以後，這些同事笑得更大聲。他們就像青少年一樣，開了個無傷大雅的玩笑，來個非常戲劇性的一幕。

「我們知道該怎麼做，才能讓妳和我們一起去！要是妳知道我們在這兒，妳一定和平常一樣找各種藉口推託，不會來！妳啊，好個個人主義者！」他們又一起哄堂大笑。

香黛兒知道勒華計畫在倫敦辦一場研討會，可是原定三個禮拜以後才舉行。他們怎麼今天就在這裡出現？她又一次有種奇怪的感覺，覺得現在這一切都不是真的，不可能是真的。可是這個驚訝立刻被另一個驚訝取代了：和她自己設想的完全相反，她的同事出現在這裡，她真的是發乎內心的感到高興，非常感謝他們為她預備了這個驚喜。

走上階梯的時候，一位年輕的女同事挽著她的手臂，她心裡想，尚．馬克一直都在拉她脫離原本就應該屬於她的生活。她聽見他說：「妳是處在中心。」還說：「妳是待在一個隨合流俗的城堡裡。」而她現在會這麼回答他：沒錯，而且你不能阻止我待在這裡！

置身在一群群的旅客當中，她年輕的女同事一直和她手臂勾著手臂，帶著她到警察檢查哨去，這個警哨就位於另一座往下通到月台的階梯前。她好像出了神似的，繼續和尚．馬克無聲的爭辯，她丟了一句話給他：你基於什麼論點來判定隨合流俗就是不好，不隨合流俗就是好的？隨合流俗不是能夠和別人更貼近嗎？隨合流俗，不就像是一個大聚會的所在嗎，一個可以集結眾人讓生命更濃稠、更熾熱的大聚會的所在嗎？

從階梯的高處，她看見了開往倫敦的火車，很現代化、很有品味，她心裡還在想：能夠出生在這個世界，是幸運，還是不幸呢；度過人生最好的方法，就是任由自己被帶著走，就像我這個時候一樣，被一群開開心心、熱鬧烘烘的人群推著往前走。

41

坐在計程車裡，他說：「去北方車站！」這是真實的一刻：他能離開公寓，他能把鑰匙丟進塞納河裡，睡在街頭，可是他沒有力量遠遠地離開她。到車站去找她，是個絕望的舉動，可是到倫敦去的火車是唯一的線索，是她留給他唯一的線索。尚・馬克不可能放過這條線索的，不管這引導他到正確的道路上的可能性有多低。

他抵達車站的時候，開往倫敦的火車已經到站了。他四步台階併做一步的，爬上了階梯，買了票，大部分的旅客都已經剪票進站了。在月台入口，有人嚴格把關，他是最後一個進到月台的。整列火車沿線，都有警察帶著德國牧羊犬一起巡邏，這些牧羊犬都受過嗅尋爆裂物的訓練；他上車的那節車廂，裡面載滿了脖子上掛著照相機的日本人；他找到了他的位子，坐下來。

這個時候，他突然覺得他這一切行為好荒謬。十之八九，他要找的女人並不在這班火車上。再過三個小時，他人就會在倫敦，而他不知道自己去那裡做什麼；他身上的錢只夠買回程的車票。他一時慌了手腳，站起來往月台的方向去，心裡朦朦朧朧地想著要回家。可是沒有鑰匙怎麼回去？他把鑰匙放在入門的小桌子上。現在頭腦清醒了一點，他很明白他這個舉動不過是濫情的蹩腳戲，只演給他自己看：女管理員有另外一副鑰匙，她當然會把鑰匙給他了。他很猶豫，看著月台的另一邊，看見所有的出入口都關閉了。他攔下了一位站務員，問他怎麼離開這裡。站務員向他解釋，已經不能出去了，為了安全起見，一旦上了車，就不可能下車。所有的旅客應該留在車上，就像是每個人要拿自己的生命來擔保他沒有放炸彈。有一些回教恐怖分子、還有一些愛爾蘭恐怖分子，他們都夢想在海底隧道裡製造一場大屠殺。

他又回到車上，一位查票小姐對著他微笑，車上所有的服務人員都在微笑，他心裡想：就是像這樣有越來越多、越來越大的微笑伴隨著這艘火箭，奔赴死亡隧道；在這艘火箭裡，坐滿了和無聊作戰的兵士：美國觀光客、德國觀光客、西班牙觀光客、韓國觀光客，他們都準備好冒生命的危險進行這場大征戰。他坐了下來，火車一啟動，他就離開座位，去找香黛兒。

他走進一節頭等車廂裡。在走道的一側，只設置了一張一人座的座位，另一側，則有一張兩人座的；在這節車廂的中間，有幾張座位轉了向，轉成面對面的對坐，有好幾位乘客坐在那兒一起高聲交談。香黛兒就在那群人當中，他看見她的背影：他認得那深深觸動他的身形，以及她挽著過時的髮髻充滿諧趣的頭。她坐在靠窗的位子，生氣勃勃地和大家一起熱烈交談；其他人應該就是她辦公室的同事了；所以，她並沒有騙他？雖然好像很不可能，可是，這是真的，她沒有說謊。

他站在那裡不動；他聽見了好幾個人的笑聲，其中他分辨得出來香黛兒的笑聲。她很開心。的確，她是很開心，而這讓他痛苦難當。他看她的肢體語言非常生動活潑，那是他很陌生的一面。他聽不見她所說的，可是他看見她的手很使勁地舉起又放下；這隻手，他發現自己根本認不出來；那是另外一個人的手；他所感受到的，不是香黛兒背叛了他，這是另外一回事：他的感覺是她不再是為了他而存在，她人到別的地方去了，在另外一個人生裡，要是他遇見她，他不會認得她。

42

香黛兒以一種吵架的聲調，說：「可是，一個托洛斯基派分子怎麼會變成一個有信仰的人？邏輯在哪裡？」

「親愛的小姐啊，妳聽過馬克思那句名言嗎：改變世界。」

「當然。」

香黛兒坐在靠窗邊的位子，對面坐著他們辦公室裡最年長的一位女同事，這位雍容華貴的女士指頭上戴滿了戒指；坐在這位女士旁邊的勒華，繼續說：「不過，我們這個世紀讓我們了解到一項重大的事實：人沒有能力改變世界，也永遠不可能改變它。這是我做為一個革命分子，從經驗裡得到的基本結論。其實，這個結論每個人都同意，只是彼此沒有說出來而已。不過，另外還有一個結論更深奧。它是屬於神學的範疇，這個結論是：人沒有權力改變上帝創造的世界，我們必須嚴格遵守這個律令。」

香黛兒興味盎然地看著他：他說話的樣子不像老學究，而像是個煽動分子。這是香黛兒喜歡他的地方：一個男人冷酷無情的聲音，他把他所做的一切都變成一種煽動——一種革命分子、或是前衛分子所擁有的神聖傳統；就算他所說的是最習以為常的通俗真理，他也永遠不會忘記「嚇嚇那些中產階級」（épater le bourgeois）。然而，當這些最具煽動性的真理（「把中產階級架上刑場的木樁！」）取得權力的時候，不是就成了最習以為常的通俗真理嗎？不管任何時候，通俗的都有可能變煽動，煽動的有可能變通俗。重點是，每一種態度都要有堅持到底的意志力。

香黛兒想像著，勒華在一九六八年學生反抗運動喧喧騰騰的聚會上，他以他聰明、合乎邏輯，而且冷酷無情的方式，零零碎碎地販售一些格言，大聲宣稱要推翻一些通俗的主張，宣稱這些主張已經潰敗、中產階級沒有生存的權力、工人階級不懂的藝術應該要消失、為中產階級效勞的科學是沒有價值的、教這些東西的人，應該把他們趕出大學、與自由為敵的人不應該享有自由。他大聲宣揚的句子越是荒謬，他越是覺得驕傲，因為這需要很高的聰明才智，才能在沒有意義的觀念裡注入一個合理的解說。

香黛兒回答他：「我同意你的說法，我也認為所有的改變都只有害處。因此，我們的責任就是保護世界抵擋一切的改變。欸，世界不知道該怎麼樣停止改變，脫離這條瘋狂的軌道……」

「……然而，人只不過是一個簡單的工具，」勒華打斷她的話，說：「火車的發明，其中就隱含了發明飛機的因子，而且無可避免的，它又會引導出太空火箭的發明。這樣的邏輯就蘊含在每一件事物裡，換句話說，這就是神聖計畫的一部分。就算妳把人的屬性改變成另外一種樣貌，從腳踏車到太空火箭的演化，仍然會維持它原來的進程。這一場演化，人類不是創始的發明者，而只是個執行者。甚至只是一個渺小可憐的執行者，因為他不了解他執行這件事情的意義。這個意義，不屬於我們，只屬於上帝，我們只不過是在這裡遵行祂的旨意，做祂眼中看為好的事。」

她閉上眼睛：「混雜」，這個溫柔恬靜的字眼，出現在她的腦海裡，而且浸潤了她；她默默地對自己說：「觀念的混雜。」完全對立的思想態度怎麼會並存在同一個腦袋裡，就好像兩個情婦睡在同一張床上？以前，這種事幾乎都會讓她惱火，可是現在，這卻讓她覺得高興：因為她知道，勒華以前說的和今天所說的之間的矛盾，根本不是重點。因為所有的觀念是等價的。因為所有的斷言，以及所有的立論點都具有同樣的價值，能夠互相抹除、相互交疊、相互拓印、相互混淆、相互纏繞、相互觸探、互相倚伴。

一個溫和而微微顫抖的聲音在香黛兒的面前發出來：「可是照妳這麼說，我們為什麼來到這個塵世？我們活著是為了什麼？」

這句話是坐在勒華旁邊的那位雍容華貴的太太說的，她一向喜歡勒華。香黛兒幻想著，勒華現在被兩個女人包圍，而他必須在這兩個人當中做選擇：一位羅曼蒂克的女士和一位憤世嫉俗的女士；她聽見那位女士小小聲地懇求，說她不想拋棄她美好的信仰，可是在同時（這是香黛兒自己胡亂幻想的）她又有一種隱密的慾望，想要看到她所護衛的信仰被她心目中的英雄、被這位惡魔附身了的英雄打倒在地，在這個時候，這位英雄轉過來對她說話：

「我們活著是為了什麼？我親愛的夫人，為了把我們的肉身貢獻給上帝。因為聖經裡並沒有要我們去找生命的意義。它要我們生養眾多，彼此相愛，以及生養眾多。妳要知道：『彼此相愛』的意義是以『生養眾多』來定義的。這個『彼此相愛』所意味的，一點也不是慈悲為懷、同情憐憫、精神上或是激情的愛，而很簡單的就是：『做愛！』、『交媾！』……（他讓自己的聲音更輕柔，而且彎腰向著她）……『幹！』（真像是個虔誠、馴良的門徒，這位女士注視著他的眼睛。）、『就是在這件事情上，而且也唯有在這件事情上，蘊含著人類生命的意義。其餘的，都是狗屎。』」

勒華的推理生硬得像把刮鬍刀，不過香黛兒倒是同意：當愛情是兩個人之間的狂戀愛慕時，愛情就會要求堅貞，要求只把感情維繫在單獨一個人身上——不，這種堅貞純一並不存在。要是這存在的話，只會像是一種自我懲罰，自願失明，隱遁到修道院裡去。她心裡想，要是它存在，愛應該就不存在。而且，這樣的觀念不會讓她覺得心酸，相反的，反而有一種幸福至樂的感受擴散到她全身。她想到了她那個玫瑰花的意象，想要遍及所有男人的想像，而且她心裡想，她以前是活在一種愛的隱遁狀態裡，而她現在準備要遵行玫瑰花的神話，而且準備把自己化入它令人癡迷的香味裡。她想到這裡，驀然想起了尚・馬克。他還在家裡嗎？他出去了嗎？她不帶任何情緒的自己在心裡想：就好像她在想羅馬有沒有下雨，或是倫敦的天氣好不好。

然而，無論尚・馬克對她來說是多麼的無關緊要，對他的回憶還是讓她不自主的回頭探看。在車廂的盡頭，她看到一個人轉過身走到隔壁的車廂裡。她覺得她似乎看到了試圖要躲開她目光的尚・馬克。那真的是他嗎？她沒去找答案，反而把眼睛轉向窗外：外面的景色越來越難看，田野越來越灰撲撲，而越來越多、越來越大的鐵製高塔、水泥建築、和電線，一個接著一個的刺穿平原。有擴音器在廣播，說，再過幾秒鐘，火車就要開到海裡去。事實上，她看見了一個圓圓、黑黑的洞，火車像蛇一樣的，鑽了進去。

43

「我們要下去了。」那位雍容華貴的女士說，從她的聲音聽得出來興奮中帶著一點恐懼。

「下到地獄去。」香黛兒接著她的話說，她心裡想像著，勒華有意讓那位女士顯得更天真、更訝異、也更恐懼。現在她覺得自己是他的幫兇，魔鬼似的幫兇。她津津有味地想像著，她自己把這位雍容華貴、靦腆的女士帶去給他，帶到他的床上去，在她的想像中，這不是倫敦豪華旅館裡的床，而是個平台放置在火中、在呻吟中、在煙氣與群魔中。

窗外再也沒有什麼好看的了，火車進入隧道裡，香黛兒有種遠離了她大姑子、遠離了尚·馬克的感覺，遠離了所有的監視、所有的窺探，遠離了她的生活，那黏著她、重重壓著她的生活；有幾個字浮現在她的腦海：「不見影蹤」，她很驚訝，這趟通往失落遺忘的旅程一點也不陰鬱，反而是在她玫瑰花的神話保護之下，甜蜜而愉快。

「我們越下越深了。」那位女士不安地說。

「那裡，就是真理所在之處。」香黛兒說。

「那裡，」勒華傲慢地說：「就是妳問題的答案所在之處：我們活著是為了什麼？生命的本質是什麼？」他盯著那位女士看：「生命的本質，就在於延續生命：也就是生育，而在這之前，是交媾，而在交媾之前，是誘惑，也就是說親吻、頭髮在空中飄揚、剪裁合宜的三角褲、胸罩等等，然後所有這一些都使得人們適合於交媾，換句話說就是吃食，不是精緻的美食這種沒有人珍惜的無用之物，而是每個人都會買的食物，是吃了會排泄出來的食物，因為您知道，我親愛的女士、我美麗可愛的女士，您知道，在我們的職業裡，讚美衛生紙和尿片占了很重要的一個位置。衛生紙、尿片、洗衣粉、食物。這是人類神聖的循環，而我們的任務不只是把它揭露出來、捕捉住它、劃定它的界限，而是要美化它、把它轉化成一種頌讚。因為受到了我們的影響，目前衛生紙幾乎只有粉紅色一個顏色，這個事實真的是十分有啟發性，所以，我親愛的、焦慮不安的女士，我建議您好好地思考這件事情。」

「可是啊，這樣的事真是悲哀，真是悲哀啊，」這位女士說，她的聲音顫抖，就像是個被強暴的女人在呻吟：「只是這樣的悲哀被美化了！我們都是把悲哀的現實美化的化妝師！」

「對，沒錯。」勒華說，而且香黛兒從這聲「沒錯」裡，聽出他從這位雍容華貴女士的呻吟裡得到了樂趣。

「可是在這種情況下，生命的崇高偉大之處何在？要是我們被判決吃吃喝喝、交媾、衛生紙，那我們人是什麼呢？而且，要是我們的能力僅限於此，那我們是具有自由意志的個體這件事——就像人家告訴我們的一樣——有什麼可驕傲的呢？」

香黛兒看著這位女士，心裡想，在狂歡聚會上，她會是最讓人夢寐以求的受害者。她想像，有人會剝了她的衣服，有人會用鎖鏈鏈住她雍容華貴的衰老身體，有人會強迫她大聲呻吟，要她一再複述她天真稚氣的真理，而所有的人都在她面前交媾、盡情賣弄……

勒華打斷了香黛兒的幻想，他說：「自由？當妳活在妳的悲哀裡的時候，妳能讓自己快樂，也能讓自己不快樂。妳的自由就是涵括在這樣的選擇裡。妳可以帶著挫敗的情緒，或是帶著歡喜的心情，很自由地把妳的個人特性融化在一只什錦鍋裡。我們的選擇，我親愛的女士，是選擇帶著歡喜的心情。」

香黛兒感覺到自己臉上不由自主地勾畫出了一個微笑。她牢牢記住了勒華剛剛說的話：我們唯一的自由，就是在痛苦悲傷和歡喜愉快之間做選擇。所有的一切都沒有意義，是我們注定的命運，千萬不要把它當作是重擔來背負，而應該知道如何從中得到樂趣。她看著勒華沉著鎮定的臉，他臉上散發著一種既迷人又邪惡的聰明機巧。她很有感情地看著他，可是不帶任何慾望，而且她告訴自己（就好像她用手肘掃掉她之前的胡思亂想），他一向都是如此，會把他所有的男性力量都轉化成一種銳利的邏輯推理，轉化為一種職權，在工作上用來指使他的屬下。

她心裡在盤算，待會兒下火車的時候她該怎麼做：她要趁著勒華繼續用他的論調來嚇唬那位愛慕他的女士時，偷偷溜到電話亭裡消失掉，然後完全躲開他們這群人。

44

日本人、美國人、西班牙人、俄國人，都在脖子上套著一台照相機，從火車裡走下來。尚・馬克努力用眼睛尾隨著香黛兒，生怕跟丟了。四散廣布的人潮突然都聚攏了過來，消失在月台下的一座電梯。在這座電梯的下方，在候客大廳裡，有一些人帶著攝影機跑了過來，後面還跟著一群看熱鬧的人，這些人擋住了他的去路。從火車上下來的乘客不得不停下腳步。當一群孩子從側邊的另一座階梯下來的時候，現場響起了一陣鼓掌聲、歡呼聲。這群孩子頭上都戴著各種不同顏色的頭盔，好像是一隊運動的團體——摩托車選手或是滑雪選手之類的。他們是大家追逐拍攝的對象。尚・馬克踮起腳尖，越過一顆顆攢動的頭，搜尋著香黛兒的身影。

終於，他看到她了。她在那一隊選手的另一側，在一個電話亭裡。話筒貼著耳朵，說著話。尚・馬克努力擠出一條路來。他撞到了一位攝影師，那人很生氣，踢了他一腳。尚・馬克也用手肘頂了他一下，害他差點兒把攝影機摔到地上。一位警察走了過來，勒令尚・馬克靜候整個拍攝過程結束。就在這個時候，在這一兩秒鐘的時間裡，他的眼睛接觸到了正要從電話亭出來的香黛兒的目光。他又一次擠入人群，想要衝破人牆。警察使勁地扭著他的手臂，痛得尚・馬克彎下腰，失去了香黛兒的影蹤。

最後一個戴著頭盔的孩子走過去了，這時候警察才鬆開手，讓他走。他又朝著電話亭看，可是那裡沒人了。在他旁邊，有一群法國人停下了腳步；他發現是香黛兒的同事們。

「香黛兒在哪裡？」他問一個年輕女孩。

她用一種譴責的口氣回答：「應該知道她下落的人是你！她本來還很高興的！可是我們一下車她就不見了！」

另外一個更胖一點的女孩，不高興地說：「我剛剛看見你在火車裡，你跟她比手勢。我都看見了，你把事情都搞砸了。」

勒華出聲打斷他們：「我們走了！」

年輕的女孩問：「那香黛兒呢？」

「她知道地址。」

「這位先生，」那位手指上戴滿戒指的雍容華貴的太太也出聲說話了：「他也在找她。」

尚．馬克知道勒華跟他打過照面認得他的臉孔，就像他也認得他的臉孔一樣。他對他說：「您好。」

「您好。」勒華回答，又笑著對他說：「我剛剛看到您和他們在那邊扭打，以寡擊眾。」

尚．馬克覺得，他從他的聲音裡感受到了同情。在他沮喪的心境下，這就像有人伸出一隻手讓他攀住；這就好像是一絲火花，在這一秒鐘的時間裡向他承諾了友誼的存在；兩個男人之間的友誼，兩個彼此不相識的男人，只因為驟然感受到一股同情的了解，就願意隨時彼此援助。就好像是一個美好而古老的夢落在他的身上。

他很信任的問對方：「您能告訴我，你們住哪家旅館嗎？我想打個電話，問問香黛兒在不在那兒？」

勒華沉默不言，過了半晌，他問：「她沒有告訴您哪家旅館嗎？」

「沒有。」

「這樣的話，只好跟您說抱歉了。」他很友善地說，幾乎還帶著一點愧疚：「我不能告訴您是哪家旅館。」

熄滅了，那絲火花黯淡了下來，尚．馬克又一次感覺到他肩膀上的疼痛，那是剛剛警察扣住他的後遺症。他孤零零的，離開了車站。不知道要到哪裡去，只好在街上漫無目的地遊走。

他一邊走，一邊從口袋掏出鈔票，他又把這些錢數了一次。只夠他回程的車資，再多就沒有了。要是他就此決定，他可以馬上啟程回去。當天晚上他就能回到巴黎。顯然，這是最合理的解決方法。他待在這裡幹嘛？他沒什麼事好做。可是，他不能離開這裡。他沒辦法下定決心離開。只要香黛兒還在倫敦，他就不能離開這裡。

可是，如果他要把錢留下來付回程的車資，他就不能住旅館，不能吃飯，甚至連買個三明治都不能。他要睡在哪裡呢？這時候，他突然明白他以前常對香黛兒說的話，現在終於得到了確認：在他最深最深的內在召喚裡，他是個邊緣人，是一個生活舒適安逸（這一點都不假），只有在狀況不明的一段短時間裡才當的一個邊緣人。很微妙，這時候的他才真的是如其所然，歸回他所屬的那群人中間：和那些沒有片瓦可以遮孤蔽寒的窮人在一起。

他想起了他和香黛兒的幾次談話，他有種孩子似的幼稚心理，很想要她現在就出現在他面前，好讓他對她說：妳知道了吧，我之前說的有道理吧，這一點也不是裝出來的，我真的就是我這個樣子，一個邊緣人，一個無家可歸的人，一個流浪漢。

45

天色暗了下來，四周的空氣變冷。他來到了一條街上，一邊是一排房子，另一邊是一座公園，外面圍著黑色的欄杆。這兒，沿著公園的人行道上，有一張木頭長椅；他坐了下來。覺得非常疲倦，好想把雙腿縮到椅子上，平躺下來。他心裡想：這種事一定就是這樣開始的。有一天，就這樣把雙腿縮到椅子上，然後天黑了，然後睡著了。就是這麼一天，就這樣加入了流浪漢，成為他們其中的一分子。

這也就是為什麼，他使盡力氣，不讓自己流露出疲態，努力坐得直挺挺的，像是課堂裡的好學生。在他背後有幾棵樹，而在他前面，在馬路的另一側，有一排房子；房子的外觀都一樣，白色的，兩層樓，在入口處有兩根柱子，每一層樓都有四扇窗。這條路人跡很少，他很專心地注視著每一個經過的路人。他決定要一直待在這裡，直到他見到香黛兒。等待，是他唯一能為她、為他們兩個人做的事。

突然，在右邊三十來公尺的地方，有一間屋子的燈全亮了，屋子裡，有人拉上了紅色的窗簾。他心裡想，那裡舉辦了一場宴會要來慶祝。可是他很吃驚，並沒有看到什麼人進去；是不是那些人早就都在裡面了，只是到剛剛才把燈打開？或者可能是，他自己不知不覺地睡著了，沒看到那些人來？我的天哪，難道，在他剛剛睡著的時候，錯過了香黛兒？立刻，他疑心是一個放蕩聚會的念頭把他擊垮了；他聽見了那句話：「你很清楚為什麼要去倫敦」；而這一句「你很清楚」，突然被另一道光線照亮了：倫敦，是英國人的城市，是不列顛人的城市，是不列癲人的城市；她剛剛在車站是打電話給他，她是為了他躲開勒華、躲開她的同事、躲開他們全部的人。

他心裡充滿了嫉妒，讓他痛苦不堪的、極度嫉妒的，不是他在敞開的衣櫃前所感受到的那種抽象的、精神上的嫉妒（那時他問自己一個完全理論性的問題：香黛兒背叛他的能力），而是他在青春年少時就了解的那種嫉妒，那種會刺穿他身體、會讓他痛苦、無可忍受的嫉妒。他想像，香黛兒乖乖聽話地、一往無悔地和很多人攪和在一起，而他再也受不了去想這些。

他站起來，跑到屋子那邊去。那屋子的門，整個都是白色的，還有一盞燈照明。他轉動門把，門開了，他進去，看見一座鋪著紅地毯的樓梯，聽見樓上傳來喧譁聲，上了樓，來到二樓寬敞的樓梯間，樓梯間那一整面寬幅的牆，架著一根長長的金屬杆，上面掛滿了大衣，不過也有幾件女人的洋裝，和幾件男人的襯衫（他的心口又被重重擊了一下）。他怒氣沖沖地，撥開這些衣服，從中間走過去，接著就看到了一個有兩扇門扉的大門，這大門也是白色的，就在這個時候，有一隻手用力往他疼痛的肩膀拍了一下。他轉過頭來，感覺到一個強壯的男人呼吸出來的一股熱氣吹在他的臉頰上，這個人穿著T恤，手臂上刺青，他用英文對他說話。

他使勁想要掙脫這隻手，這隻手卻抓得他越來越痛，而且一直把他往樓梯推。在樓梯口，他極力反抗，身體突然失去了重心，到了最後的緊要關頭，他才好不容易抓住樓梯扶手。他打不過那個人，只好慢慢地下樓梯。那個刺青的人跟在他後面，當尚·馬克停在門口猶豫的時候，他用英文喊了幾個字，舉起手臂來，命令他離開。

46

很久以來，放蕩聚會的影像經常都伴隨著香黛兒，在她亂七八糟的夢裡、在她想像的畫面裡，甚至在她和尚・馬克的對話裡，有一天（那已經是很久以前了），他曾經對她說：我很願意和妳一起待在這裡，可是有一個條件：到了狂歡的最高潮，每個參加的人都變形為動物，有的變為母羊、有的變為乳牛、有的變為山羊，當這一場戴奧尼索斯的狂歡聚會變成了一幅鄉野景象的時候，我們兩個人要在這一群動物之間，扮演像牧羊人和牧羊女的角色。（她覺得這一幅田園的奇想很有趣：可憐這些來參加放蕩聚會的人，爭先恐後的湧進邪惡之屋，不知道他們待會兒離開時會變成乳牛。）

她周圍盡是些一絲不掛的人，而這個時候，她喜歡母羊甚於喜歡人。她不想再看到其他人，就把眼睛閉了起來：可是在她眼皮後面，她一直能看到那些赤裸裸的人，他們的生殖器挺舉了起來、縮小了、變大了、變細了。這使她想到了田野的景象，田野上有蚯蚓豎立起來、彎下、扭動、垂落下來。接著，她看到的不是蚯蚓，而是蛇；她覺得很噁，可是，還是會讓她亢奮。只是，這種亢奮不會讓她有想要做愛的慾望，相反的，她越是亢奮，越覺得噁，因為她自己的這種亢奮讓她了解到她的身體不屬於她，而是屬於一個爛泥巴遍布的田野，一個滿是蚯蚓和蛇的田野。

她睜開眼睛：有個女人從隔壁房間朝著她的方向走過來，停在敞開的大門前，而且以一種帶著誘惑的眼神打量香黛兒，就好像她想把她從這個男性無聊至極的事端中救拔出來，把她從蚯蚓的國度裡救拔出來。她很高大，體格很好，臉龐美麗，還有一頭金髮。正當香黛兒要回應她無聲的邀請時，這位金髮女郎尖尖嘬著嘴巴，而且讓口水流了出來；香黛兒好像用一個高倍的放大鏡看這個嘴巴：口水是白色的，裡面有許許多多小氣泡；這個女人把口水沫子在嘴巴裡一會兒吸一會兒吐的，就好像她要挑逗香黛兒，就好像她要給她溫柔、溼潤的吻，讓她們彼此消融在對方裡。

香黛兒看著從她嘴唇間滲出來的口水，口水呈小水珠狀、抖動著，她的厭惡變成了噁心。她轉過身去，想要偷偷溜走。可是，那個金髮女郎從後面抓住了她的手。香黛兒掙脫開來，搶了幾步想逃走。她又感覺到金髮女郎的手抓著她的身體，她死命地奔跑。她聽見了這個追逼她的女人的呼吸聲，無疑的，她一定是把她的逃脫當作是挑逗的色情遊戲。她掉進了陷阱裡：她越是努力逃脫，越是讓金髮女郎亢奮，她會吸引其他的迫害者，把她當獵物一樣地追逼她。

她從一條通道跑走了，聽見她背後有腳步聲。追逐她的那些人讓她很厭惡，厭惡到一個程度以後，噁心的感覺很快就變成了恐懼：她死命地奔跑，就好像她要保住自己的命似的。通道很長，盡頭是一扇敞開的門，通往一間鋪著地磚的小房間，房間角落有個門；她開了門進去，又關上門。

在黑暗中，她人靠在牆上，讓自己喘口氣；然後，她在門邊摸了摸，點亮了燈。這是一間小儲藏室：一台吸塵器、幾支掃把、幾把拖把。地上，在一堆抹布上面，有一隻狗，捲成一球。現在再也聽不到外面有任何聲音，她心裡想：變形為動物的時候到了，我終於得救了。然後她很大聲地問那隻狗：「你是這些人裡面的哪一位啊？」

突然，她很錯愕自己會說這樣的話。我的天哪，她自己問自己，我哪來的這種念頭啊，在放蕩聚會後，人都會變形為動物？

這真是奇怪：她一點也不知道這些念頭都是從哪兒來的。她在她的記憶中搜尋，可是沒有結果。她只感覺到一種輕柔恬適的感受，此外就沒有什麼具體的回憶了，這種感受是一種奧妙、無可解釋的欣喜快樂，彷彿來自遠方的召喚。

突然，突如其來地，門被推開來。一個黑女人走進來，她個子很小，穿著綠色的罩衫。她瞄了香黛兒一眼，看起來一點也不吃驚，但是這匆匆的一眼有鄙夷的神色。香黛兒往旁邊挪了一步，好讓她去拿吸塵器，帶著它出去。

所以她更靠近狗了，狗露出了尖尖的牙，低沉嗥叫。恐懼又一次襲上她心頭；她離開了那裡。

47

她來到通道上，心裡只有一個念頭：找到樓梯間，那裡的那根金屬杆，她的衣服掛在那裡。可是，所有她去轉動的門的把手，她發現都上了鎖。終於，從敞開的大門，她進到了客廳；這間客廳讓人感覺大得出奇，而且空無一人：那個穿著綠色罩衫的黑女人已經開始用吸塵器在打掃。晚上聚會的那群人，只剩下幾位先生，站著那裡，聲音低低的，在交談；他們都是一身盛裝，根本一點也不注意香黛兒，而香黛兒自己意識到她一下子變成了裸體很是失禮，害羞地看著他們。另外一位先生，七十歲左右，穿著白色的浴袍，趿拉著拖鞋，向著他們走過來，跟他們說話。

她想破了頭，想知道她可以從哪裡離開這裡，可是，這裡，出乎意料之外的竟然空無一人，而且在這樣化身變形的氣氛裡，這裡房間的配置在她看來好像也都變了形，她分辨不出來自己所在的位置。她看見了一扇通到隔壁房間的門大大敞開著，口裡含著口水的那位金髮女郎剛剛就是在那個房間裡誘惑她。她進去那個房間，裡面沒人。她停下了腳步，找看看有沒有門；這裡沒有門。

她回到客廳，發現男士們在這時候都離開了。為什麼她剛剛不多注意一下？那她就可以跟著他們一起走了！只有那位穿著浴袍的七十幾歲老先生還在這兒。他們的目光交會，她認出了他是誰；她突然油然而生一種信賴感，急急地向他走過去：「我打過電話給您，您記得嗎？那時候您叫我來，可是我來了以後，卻找不到您！」

「我知道，我知道，原諒我，我已經不參加這種小孩子的遊戲了，」他很和藹地跟她說，可是並沒有把注意力放在她身上。他走到窗戶邊，一扇接著一扇的打開窗。一陣強風吹進客廳裡。

「我真高興，能遇到我認識的人。」香黛兒很激動地說。

「我必須讓這些臭味散掉。」
「請您告訴我，樓梯間在哪裡，我所有的東西都放在那裡。」
「要有耐心一點，」他說，然後他走到客廳的一個角落，有一把椅子被遺落在那裡，他把椅子拿過來給她：「您請坐，我一有空就來招呼您。」
椅子放在客廳中央。她很聽話地乖乖坐了下來。那位七十幾歲的老先生走到那位黑女人旁邊，然後和她一起到另外一個房間去，兩人就不見了。這時候，那間房間裡傳來了吸塵器嗤嗤作響的聲音；在這聲音背後，香黛兒還聽見那位老先生在下命令，接著又聽見了幾聲鐵鎚重擊的聲音。一把鐵鎚？她很驚訝。是誰拿著鐵鎚在這裡工作？她沒看到有人在這兒！大概有人來了吧！可是他從哪裡進來的呢？
一陣風吹來，掀起了窗邊的紅色窗簾。香黛兒光著身子坐在椅子上，覺得很冷。她又聽見幾聲鐵鎚敲打的聲音，這嚇壞了她，她明白：他們把所有的門都釘死了！她永遠沒辦法離開這裡了！一種極端危險的感覺充塞在她整個人裡面。她從椅子上站起來，走了三、四步，可是不知道要走到哪裡去，又停下腳步。她想喊救命，可是誰能救她呢？

在這個極端焦慮無助的時刻，她腦海裡浮現的畫面是，一個男人為了找她，和一群人打起架來。有人把他的手臂扭到背後。她看不見那個男人的臉，只看見他躬著的身體。天哪，她想要更清楚地記起他的樣子，回憶起他的長相，可是她做不到，她只知道這個男人愛她，而現在，這是對她唯一重要的事。她曾經在這個城市裡見過他，他大概就在不遠的地方。她想要盡快找到他。

可是怎麼找？門都被釘死了！然後，她看到了在一扇窗戶的旁邊有紅色的窗簾飄啊飄的。窗戶！窗戶是開著的！她必須到窗戶旁邊去！她可以對著街上大喊！她甚至可以跳到外面去，如果窗戶離地不太高的話！鐵鎚又敲打了一下，又一下。要不現在跳，要不就永遠來不及。時間對她很不利，這是採取行動的最後時機。

48

他又回到長椅子那裡，在昏暗中只隱隱約約看得見長椅子，這裡只有兩盞路燈照明，兩盞路燈彼此離得很遠。

他讓自己坐了下來，突然他聽見有人吼了一聲。他嚇一跳；原來，剛剛已經有人占了這張椅子，那人咒罵了他幾句。他沒有任何抗辯地就離開了。好啦，他心裡想，這是我新的身分的處境；為了有個小小的角落可以睡覺，甚至必須要來一番奮戰。

他停下了腳步，在馬路的另一邊，對著他的面的，是那間有白色大門的屋子，在它入口處有兩根柱子，上面吊著一盞燈照明，他兩分鐘前才被人家從裡面趕出來。他坐在路邊的人行道上，背靠著公園外圍的欄杆。

不一會兒就下雨了，雨毛毛細細的，開始下了起來。他豎起了衣領，觀察屋子的動靜。

突然，窗戶一扇接著一扇地打開了。紅色的窗簾也都被拉開來，在微風的吹拂下飄飄而動，透過窗戶，他看見了明晃晃的白色天花板。這意味著什麼呢？宴會已經結束了？可是沒有人從這屋子裡出來啊！幾分鐘以前，嫉妒像一把火似的燒灼著他，而現在他只感覺到害怕，單單是為香黛兒感到害怕。他一切都願意為她做，可是他不知道他該做什麼，讓他無法忍受的其實是這個：他不知道該怎麼幫助她，然而他是唯一能幫她的人，他，就只有他，因為她在這個世界上再沒有其他人了，在世界的每個角落都再沒有其他人了。

他臉上爬滿了淚水，他站了起來，往屋子走了幾步，喊著她的名字。

49

那位七十幾歲的老先生，手裡拿著另一把椅子，走到香黛兒面前，停下來問她：「您想要去哪裡啊？」

她很訝異，看見他出現在她面前，在她內心極度紊亂的時候，有一股熱氣從她身體的深處冒上來，脹滿了她整個肚子、她整個胸部，覆滿了她整張臉。她全身火紅。她全身赤裸裸，她全身紅通通，而且，當男人把目光放在她身體上的時候，她可以感覺到她光溜溜的身體每一小塊灼熱的地方。她用一種很機械性的動作，把一隻手放在她一邊的乳房上，就好像她想要遮住它。在她身體深處，火焰很快地把她的勇氣、她的反叛消耗殆盡。突然，她覺得好疲倦。突然，她覺得好虛弱。

他抓住了她的手臂，把她帶到椅子那裡，還把他自己的椅子放在她面前。他們兩個人各自坐了下來，彼此面對面，一個靠在另一個旁邊，坐在空蕩蕩的客廳裡。

冷空氣罩著香黛兒流汗的身體。她發著抖，用一種細弱、懇求的聲音，問：「我們不能離開這裡嗎？」

「那妳為什麼不願意和我一起待在這裡，安娩？」他用一種譴責的口氣問她。

「安娩？」她嚇呆了：「你為什麼叫我安娩？」

「那不是妳的名字嗎？」

「我不是安娩！」

「可是從我認識妳以來，妳都是叫安娩這個名字！」

隔壁房間還是一直傳來鐵鎚的聲音；他轉過頭，往那個方向看去，就好像在猶豫要不要跟那邊說什麼。她趁這獨自一個人的時候，想要把事情理清楚：她一絲不掛，可是他們還一直脫她的衣服！把她從自己身上脫下來！把她從她注定的命運上脫下來！他們給了她另外一個名字，然後就把她丟棄在一群陌生人中，而她永遠無法對這些陌生人解釋她是誰。

她再也不敢奢望能夠離開這裡。所有的門都釘死了。她必須很謙虛地從剛開始的時候開始。最剛開始，是她的名字。首先，她最想要的（就像最低基本需求一樣），是她眼前的這個男人用她的名字稱呼她，用她自己真正的名字。這是她待會兒要問他的第一件事。她待會兒一定要問這個。可是她剛訂好這個目標，就發現，她的名字好像卡在她的腦子裡；她再也想不起來自己的名字。

這讓她覺得非常驚慌，可是她知道這攸關她的性命，為了保護自己，為了奮而抵抗，她無論如何都必須讓自己冷靜沉著；她集中全部的心思，努力回想：她受洗的時候人家給她取了三個名字，沒錯，是三個，她只使用其中一個，這些她知道，可是是哪三個名字，人家常叫的又是哪一個？天哪，這個名字她應該聽過幾千萬次！

有一個男人愛著她的這個念頭浮現。要是他在這裡，他會用她的名字稱呼她。也許，要是她能想起他的長相，她就想像得出來他叫她名字的時候發音的嘴形。她覺得這是一條好線索：藉著這個男人，以間接的方式知道自己的名字。她試著去想像他的長相，又一次，她看見一個人影在一群人中間跑來跑去。這是一幅蒼白的影像，逐漸地模糊淡去，她努力留住這個影像，留住它，讓它更清晰，而且把它拉到過去的時光裡：這個男人，他是從哪裡來的？他怎麼會在人群中？他為什麼打架？

她努力把這個回憶延展開來，一個花園出現在她的腦海，花園很大，有一棟鄉下大宅院，在那裡許許多多人的中間，她看見了一個個頭矮小、瘦弱的男人，她想起來，她和他有過一個孩子，關於這個孩子她什麼都不知道，只知道他已經死了……

「妳的心思飄到哪裡去了，安妮？」

她抬起頭，看見一個老頭子，坐在她前面的一張椅子上看著她。

「我的孩子死了。」她說。回憶太薄弱了，所以她要很大聲地把它說出來；她認為這樣就能讓它顯得更真實；她認為這樣就能把它留住，就像留住她一小截已經飛逝而過的人生。

他彎下腰看著她，執起了她的雙手，平靜地，用一種鼓勵的語調說：「安娩，忘了妳的孩子，忘了妳那些死去的人，想想生命吧！」

他對她微笑。然後，他用手勢大幅度地比劃了一下，就好像他要表明的是某種浩瀚、崇高的事物：「生命！生命，安娩，生命！」

這個微笑和這個手勢使她充滿了恐懼。她站了起來。她發著抖。她的聲音顫抖：「什麼生命？你所謂的生命是什麼？」

她不假思索地問了這個問題，接連的又讓她想起了另一個問題：難道現在已經是死亡？是不是這樣呢，是死亡了？

她拿起椅子丟過去，椅子滾著過客廳，撞到了牆。她想大聲喊，可是找不到隻言片語。一聲長長的啊啊啊啊啊，咕噥不清的從她的嘴裡噴出來。

50

「香黛兒！香黛兒！香黛兒！」

他把她抱在懷裡，喊叫聲搖晃著她的身體。

「醒過來！這不是真的！」

她在他的臂彎裡直打哆嗦，他還一直對她說好幾次：這不是真的。

她重複著他的話，說：「不，這不是真的，這不是真的！」慢慢地，很慢很慢地，她平靜了下來。

而我問我自己：是誰在作夢？是誰夢見了這個故事？是誰想像出這個的？是她？是他？是兩個人一起？是互相為對方？而且，從哪個時候開始，他們真實的人生轉變為兇險的幻想？當火車沒入英吉利海峽的時候？或是更早一點？是她跟他說她要去倫敦的那天早上？或是再更早一點？是那一天，她到筆跡鑑定專家的辦公室，遇見了在諾曼第小城咖啡館的那個男孩？或是再更早一點？當尚．馬克寫給她第一封信的時候？可是他真的有寫那些信給她嗎？或者他只是在他的想像中寫了這些信？是在哪一個明確的時刻，真實轉變為不真實，現實轉變為夢境？界限在哪裡？界限在哪裡？

51

我看見他們兩個人，側著一邊的臉，床頭的小燈照亮了他們兩個人的頭部：尚・馬克的頭，他的脖子枕在枕頭上；在尚・馬克頭部上面十公分的地方，香黛兒勾著脖子，低著頭。

她說：「我再也不讓你離開我的視線，我要一直不斷地看著你。」

停了一下，又說：「我一眨眼睛就害怕。害怕在閉著眼睛的這一秒鐘裡，會悄悄有一條蛇、有一隻老鼠、有另外一個人出現在你的位置上。」

他稍微撐起身子，想用嘴唇親她。

她把頭低下去：「不，我只想要看著你。」

然後說：「我要讓燈亮著一整夜。一整夜。」

（一九九六年秋天於法國完成）

國家圖書館出版品預行編目資料

身分 / 米蘭・昆德拉(Milan Kundera) 著; 邱瑞鑾 譯. -- 二版. -- 臺北市 : 皇冠, 2018.11
面 ; 公分. -- (皇冠叢書 ; 第4726種) (米蘭・昆德拉全集 ; 12)
譯自 : L'IDENTITÉ
ISBN 978-957-33-3406-4(平裝)

882.457　　107017172

皇冠叢書第4726種

米蘭・昆德拉全集 12

身分

L'IDENTITÉ

作　　者—米蘭・昆德拉
譯　　者—邱瑞鑾
發 行 人—平雲
出版發行—皇冠文化出版有限公司
台北市敦化北路120巷50號
電話◎02-27168888
郵撥帳號◎15261516號
皇冠出版社(香港)有限公司
香港上環文咸東街50號寶恒商業中心
23樓2301-3室
電話◎2529-1778　傳真◎2527-0904
總 編 輯—龔橞甄
責任主編—許婷婷
責任編輯—蔡承歡
美術設計—王瓊瑤
著作完成日期—1997年
二版一刷日期—2018年11月

法律顧問—王惠光律師

如有破損或裝訂錯誤，請寄回本社更換
讀者服務傳真專線◎02-27150507
電腦編號◎044096
ISBN◎978-957-33-3406-4
Printed in Taiwan
本書定價◎新台幣300元/港幣100元